I0549553

CUANDO EL VIENTO DEJA DE SOPLAR

Cuando el viento deja de soplar

Santiago Navas Fernández

Novela de aventura y romántica

"Buenos días, V !!".

CANCIÓN DEL ELEGIDO

Un fuerte grito alertó al barrendero, la grúa del camión de recogida elevaba el contenedor de papel para volcarlo en sus entrañas. De un fuerte tirón, retiró la caja que había comenzado a registrar. Los del camión se rieron, lo conocían bien.

Vestía altas botas que le protegían de la humedad del suelo, chamargo grueso y adusto para aislarse del frío de la madrugada, en el pecho lucía el escudo municipal y en la espalda el nombre del Ayuntamiento, "brigada de limpieza" decía, el color iridiscente de sus pantalones, permitía que se le viera desde lejos a pesar de la oscuridad, protegiéndole de un posible atropello. Depositó la caja sobre el carro de la limpieza, colocó el cepillo atravesado de atrás adelante y dio por terminada la jornada laboral.

Hacía unos instantes, se había agachado a recoger un papel mecanografiado, lo había leído por encima. Era el pedazo de un diario, alzó la vista y vio que de una caja sobre el contenedor caía otro folio. Lo recogió y comprobó que tenía relación con el anterior, así que decidió llevárselo todo. Algo le decía que se trataba de una historia que le iba a encandilar.

Cuando llegó a su vieja casa en un antiguo barrio de Madrid, depositó el hallazgo sobre la cascada mesa de la salita. Se calentó en la hornilla de gas un poco de caldo en una ennegrecida cacerola. Se sentó con la taza humeante en su butaca, junto a la ventana del patio para que le entrase la luz del día que acababa de amanecer, tomo varios folios y comenzó a leer. Mecánicamente se descalzó las botas ayudándose con un pie a quitarse la otra.

El texto comenzaba con una carta y luego mezclaba diario con relato, incluso contenía algunas anotaciones a mano. Le apasionó tanto que quedó hipnotizado enseguida. Era, sin duda, el mejor tesoro que jamás hubiera encontrado en la basura. Carecía de título, así que pensó cuál le hubiera puesto él:

CUANDO EL VIENTO DEJA DE SOPLAR

LA CARTA

(carta encontrada dentro de la mochila de Lucía,
en el lugar de los hechos, dirigida a Jaime)

Amor mío:

Si recibes esta carta, será mala señal, la de que no volveré a tu lado nunca más. Te escribo en el silencio del atardecer, oculta y temerosa, desde esta misión, la más difícil de mi carrera. Tengo mucho miedo, amor, te necesito más que nunca. Necesito tu calor, tus brazos sobre mi cuerpo, tus labios sobre mi piel, tu olor penetrante que me da la seguridad que ahora no tengo.

Y temo no volver y no poder contarte de mi boca lo que no me he atrevido a contarte antes. Debí hacerlo, pero no me sentía con fuerzas. Ahora lo entenderás. He querido dejarlo por escrito por si me pasaba algo, para que nadie te contara su versión pues, a fin de cuentas, soy la única que te lo puede decir tal y como fue y la única a la que tu vas a creer.

Amor, oigo disparos en la distancia. Las fuerzas armadas locales, si así puede llamárseles, nos han pedido que apaguemos las luces y nos mantengamos en penumbra sin hacer ruido. Dicen que nos protegerán mientras puedan ... ¿mientras puedan?, tememos que salgan huyendo en cualquier instante y nos dejen abandonados ante la guerrilla que avanza.

Las guerras son una locura. Eso ya lo sabes, nos lo oíste decir tantas veces.

Me hubiera gustado tener una hija contigo y que en mi ausencia fuera tu compañía, pero no sé si va a ser posible ya. Te prometo ... bueno, me prometo que si vuelvo, tendremos una hija, o un hijo. Amor... tu eres el amor de mi vida, tengo tantas cosas aún que contarte, tenemos tanto que vivir juntos, tanto mundo que recorrer, tantos lugares que descubrir y tantos sueños que hacer realidad ... quiero volver ... sí, es todo lo que quiero, volver contigo y reemprender nuestra vida, con otro aire, con otras metas y mejor futuro.

Pero debo contarte algo que ocurrió, para que sepas a través mía la única verdad.

Miguel y yo fuimos amantes, pareja o como quieras llamarlo, nuestra relación fue tormentosa y nos dio más problemas que satisfacciones. Tal vez la tensión de las misiones, la soledad, la miseria, nos hacía buscar consuelo el uno en el otro, pero luego cuando volvíamos a España, me convencía de nuestra absoluta incompatibilidad.

Sin embargo Miguel no lo admitía. Insistía una vez y otra a pesar de que tuvimos numerosos desencuentros. Pedí no volver a viajar con él, pues puso en peligro la expedición varias veces, e incluso mi vida. Y así hubiera sido, nos iban a separar, pero mientras tanto... aquí estamos. Tal vez la última misión de nuestras vidas y en vez de estar entre tus brazos, cálida y protegida, una manta de hospital me cubre mientras te escribo la que puede ser nuestra última comunicación.

14

Lo siento amor, perdóname ...

Cuando te conocí, fuiste un revulsivo. Eras tan distinto, tan independiente y tan dependiente al mismo tiempo, tan atento, tan cariñoso. Enseguida me llegaste al corazón y te instalaste allí. Contigo podía trabajar en casa o viajar al otro lado del mundo, contigo podía amar y sentirme amada, sin pensar que al rato te irías o dónde estarías, contigo podía soñar porque tu tejías una red por si me caía, contigo podía salir y entrar y volver al nido para encontrarlo siempre caliente y receptivo. Te convertiste en mi vida, en el amor de mi vida, ... pero mi vida es muy peligrosa, como bien sabes.

Amor, todo ocurrió en la última misión ¿te acuerdas cuando volví en qué estado lo hice?: introvertida, lejana, fría..., unos días después asistimos a recoger el Príncipe de Asturias.

Era una situación similar a ésta, hace ya meses, Miguel dormitaba borracho en una esquina de la sala que usábamos de dispensario y vivienda, nos acompañaba una monja católica. Esa noche sólo teníamos dos pobres diablos de una aldea cercana. De pronto apareció una banda de la paramilitar, entró despacio, con cautela, estudiando nuestra capacidad de reacción.

Uno venía herido, nos pidieron ayuda y lo atendí, estábamos para eso, no teníamos bando. Encontraron a Miguel, le quitaron la botella de güisqui y se la pasaron unos a otros. La bebida hace estragos, es algo que siempre le reproché como falta de madurez.

15

Comenzaron a mirarme de una forma extraña, quise alejarme. La monja intervino, pero la encerraron en un baño y atrancaron la puerta por fuera. No pudo hacer más que gritar. La oí en todo momento, aún la oigo, alzando su voz sobre la mía desgarrada, sobre las risas húmedas de esos malnacidos, sobre el silencio insultante de mi mal llamado compañero, mientras me mancillaban uno tras otro cada uno de los atacantes.

Fue horrible amor y me duele con solo recordarlo. Por eso he permanecido callada, porque no era capaz de contarlo, bastante tenía con las pesadillas constantes cada noche. Me costaba, aún transcurridos los meses que pasaron, hacer el amor contigo, pero tu ternura venció mi dolor, tu cariño doblegó mis miedos y volví a gozar contigo dentro.

Me trasladaron a un hospital en un país seguro. Médicos afines a la Organización me ayudaron a deshacerme de lo que ya se adivinaba que iba a crecer dentro de mi. ¡Dios!, fue horrible, pero tenía que hacerlo... y pedí quedarme internada hasta recuperarme anímicamente antes de regresar a tus brazos.

Me alejé totalmente de Miguel, sólo volvimos a coincidir en la Gala del Premio, y accedí a hablar con él por última vez, quizás nos vieras. Temo preguntarte qué pensaste, pero lo haré si nos volvemos a encontrar, mi vida, es lo que más deseo ahora mismo, volver a sentir tu calor y respirar tu aroma, que me desnudes y me beses, tan tiernamente como sólo tu sabes hacerlo.

Volveré a tu lado y todo habrá sido un mal sueño... pero si no volviera, quiero que comprendas mi

16

dolor, mi silencio, mi lejanía en estos meses pasados. Quiero que me sientas junto a ti y quiero, por encima de todo, que me guardes en un rincón muy especial, pero que hagas tu vida. Sé que te costará, tan casero y tan dueño de tu tiempo como eres, quiero que lo hagas por mi, por el recuerdo, por nuestro inmenso amor, por lo que pudo haber sido y ya no será, por ti ... y también por mi, que te estaré espiando desde algún lugar incierto, desde otra vida o desde otra dimensión, no sé, tantas veces lo hablamos ... pero ahora será verdad.

Amor mío, si no vuelvo, guárdame en un rincón y sé feliz, te lo pido por nuestro amor, por mi amor, por tu amor y por tantos besos que se quedan por entregar,

Lucía.

P.D.- diles a Julia y Bea, que les mando un millón de besos y que sólo les pido que hagan todo aquello que tantas veces hemos dicho que haríamos, diles "¡somos un equipo, chicas!".

OLEO DE UNA MUJER CON SOMBRERO

(hojas sueltas del diario de Lucía)

"Una mujer se ha perdido
Conocer el delirio y el polvo,
Se ha perdido esta bella locura,
Su breve cintura debajo de mí..."

"marzo, martes, segunda semana.

Creo que es el mejor amante que he tenido nunca. No es que pueda (ni deba) decir que soy una mujer experta. En número, mis relaciones han sido escasas, aunque siempre contaron con total sinceridad, y por ello creo saber lo suficiente como para poder calibrar la actitud de mi pareja como amante. La mayoría de los hombres con los que me he relacionado sentimentalmente, estaban impregnados de una estela fantástica más propia del cine y la televisión que de las verdaderas emociones que esperaba sentir. Por desgracia, ese tipo de hombre se repite con demasiada frecuencia, y conforme descubro su forma de comportarse y actuar en la relación, sé que cuando se termine el sexo me quedaré con una triste sensación de vacío. No fueron caricias creadas para mí, sino los típicos encuentros amorosos tipificados como "placenteros" por una serie de mitos eróticos de la gran pantalla. Siento que no hubo compenetración, sino una penetración a secas, fruto del deseo descontrolado por obtener la satisfacción, no fruto de la pasión amorosa. Consecuencia de la creencia (errónea a todas luces) de que es eso lo que las mujeres esperamos de los hombres, es lo que han visto y les han

18

inculcado durante años. O quizá sea culpa nuestra, de las mujeres, que no sabemos decir exactamente lo que nos gusta o nos apetece, por vergüenza, por miedo, o porque también somos fruto de una determinada educación en la que la mujer recibíamos "lo que fuera" con agrado.

El resto de los amantes no se tomaban la molestia del esfuerzo. Pero con él ha sido distinto, no ha tenido prisa, se ha demorado recorriendo con delicadeza y entrega esos pliegues de la piel que me hacen estremecer, es como si ya los conociera de antes. Han sido horas enteras de pasión. Sus caricias, con sus manos, con su lengua, han ido directas a lo que yo deseaba a cada instante, no ha habido lugar de mi cuerpo que él no haya recorrido. Con las yemas de los dedos, con los labios, con su cuerpo entero, ha adivinado lo que quería, lo que necesitaba en cada momento y ha sabido cómo dármelo. Porque no siempre quería lo mismo, ni de la misma forma, y él, con una intuición rayana en lo sobrenatural, lo ha adivinado, y no solamente eso, sino que ha buscado nuevas formas de amar, nuevas caricias que dedicarme, mientras me contemplaba admirando el fruto de su entrega. Me ha observado enternecido mientras yacía sobre la cama tras el goce supremo, con las manos encima del vientre aún convulso por oleadas de placer, con la boca seca y una leve sonrisa en los labios que él sabía que de pronto estallaría en risas de puro gusto. Y, como siempre, tras la risa, como se mira a los amantes únicos, inundada de infinita ternura, muerta de cariño, colmada de satisfacción, orgullosa de las atenciones y el esfuerzo que me había dedicado, me he dirigido a él bañada por sus ojos verdes y le he dado un beso profundo que me ha salido del alma, como jamás di otro a nadie.

19

Entonces, mirándome con pasión, me ha respondido con palabras cargadas de mariposas y flores de colores que han revoloteado por mis oídos. Y, simplemente, ha dicho: "gracias".

- Y yo a ti. – Le he respondido.

En el pasado mi imaginación y mis deseos siempre superaron la realidad, que se revelaba como una auténtica frustración. Llegué a pensar que jamás encontraría a nadie que me dedicara la atención que sentía que necesitaba; ese mismo miedo me provocaba no llegar a entregar todo lo que tenía dentro a la pareja que en ese momento estuviera compartiendo mi vida, de forma que la historia estaba avocada al fracaso. Pero no me sentía, en absoluto, culpable. No necesitaba recordar ninguna fantástica historia de cine cuando me daba en el amor, siempre sabía lo que quería entregar y, sobretodo, sabía escuchar, no solamente con los oídos sino también con la piel. Escuchaba atentamente, cualquier suspiro, cualquier gemido por callado que fuera, escuchaba el vello de la piel de mi pareja cuando se erizaba, sentía como se nublaban sus ojos, buscaba cualquier síntoma que delatara qué era lo que le causaba placer a la persona con la que compartía pasión y sudor. Pero en casi todas las ocasiones, los hechos revelaban que mi imaginación había sobrevalorado las expectativas y la realidad se manifestaba muy distinta: "eras mejor en mis pensamientos, eras mejor en mi mente", me decía al final. A pesar de lo cual, siempre creí en el amor (y sigo creyendo en él) y así, cuando iniciaba una relación, siempre pensaba que no iba a estar a la altura de la persona elegida, que ni mis conocimientos ni mi experiencia iban a ser suficientes, que iba a defraudar a mi pareja. Tenía miedo de que mi físico no fuera lo suficientemente atractivo, o que mi cuerpo no cumpliera las expectativas de su deseo. A que mis caricias y

20

mis besos no excitasen a esa persona, pues no me encontraba a mí misma lo suficientemente seductora. Sin embargo, siempre ocurría igual, y me sorprendía al comprobar ineludiblemente que quién no estaba a la altura era siempre él.

Cuando los ojos de alguien "distinto" se cruzaban con los míos y, por su peculiaridad, agitaban un mar de fuego en mi corazón, quedaba atrapada en una espiral de vértigo que me conducía, a pesar de mis miedos, a iniciar una historia nueva cargada de esperanza y de futuro. Mi cuerpo y mi mente, al unísono, querían profundizar en esos ojos. Desde que recuperaba la consciencia cuando despertaba por la mañana, soñaba con ese hombre, lo imaginaba, lo pensaba, lo olía. Cuando llegaba hasta él, al atardecer o al anochecer, mi cuerpo clamaba por hacer realidad todo lo soñado durante el día; me moría por derribar la fortaleza que significa su figura plantada ante mí, por recorrer los oscuros pasillos y conquistar las ocultas habitaciones del castillo que, con ilusión y tiempo, había ido construyendo sobre ese hombre. Me dormía con el eco de su voz en mis oídos, imaginando las cosas que él me diría mientras hacíamos el amor; lo soñaba derramándose dentro de mi cuerpo y apoyando el suyo, exhausto de placer, sobre el mío, lamiendo el sudor que perlaba mis hombros, mi cuello, mis pechos. Pero cuando, por fin un día, llegaba hasta el castillo y derrumbaba la puerta, para conquistar su interior, descubría con desilusión que ni los pasillos ni las habitaciones existían o, aún peor, que estaban vacíos de los tesoros soñados. Descubría, que más que una fortaleza era una cueva, con más o menos encanto, pero no el castillo que había imaginado. Los ojos no tenían ya qué transmitirme, las manos no recorrían mi cuerpo para aprenderlo, los labios no se abrían para saborearme, de su boca no salían las palabras inventadas para encender otra vez mi pasión, el apoteósico final deseado se

21

convertía en un gruñido que me dejaba con ganas no sabía si de llorar o de salir corriendo.

Pero todas esas frustraciones y decepciones se han terminado. Por fin tengo al hombre que llevaba toda mi vida buscando. El que nada más abrir los ojos por la mañana me mira y me besa para darme los buenos días, el que se duerme pegadito a mi cadera, el que me busca para darme y no para pedirme. Ese que con sólo sonreír desata dentro de mí, el nudo que llevo en el estómago y lo sustituye por un inmenso deseo de abrazarle y besarle.

¿O tal vez tampoco será esta vez?".

"Octubre, jueves, tercera semana

Duele. Duele infinitamente. Duele porque pierdes un hijo, un hijo aún no nacido. Duele por el silencio, duele por la soledad. Duele por el dolor. Duele. Duele, duele. Es un hierro al rojo vivo que te recorre las entrañas quemando sin llama, como un cuchillo que desgarra la carne que sangra profusa y sin anestesia. Duele como la muerte más odiada, como el dolor más agudo, como la inquina del abandono, porque no es tan solo físico, es en el alma, es en la cara y en las manos, en los recuerdos de lo que fue, de dónde surgió, de su origen, en el momento silencioso de la oscura noche y en el mañana por la mañana, cuando te tienes que levantar y mirarte al espejo. Duele cuando oyes los desprecios, las conversaciones, las frías opiniones y debes callar, porque duele con solo escucharlo. El hablar sin sentir, el hablar sin saber, el hablar sin conocer. Pero tu sí lo sabes y debes callar para mayor dolor.

Duele porque no lo has podido compartir. Duele porque estás, has estado y estarás sola. Porque no lo puedes contar, porque nadie te puede acariciar, ni mirar a los ojos, ni puedes hacerlo tu tampoco. Duele más el silencio que el pecado. Duele por el dedo que te señala acusador y tu te preguntas por qué a ti y no a él, a ellos. Duele el arrepentimiento, pero ya, qué se va a hacer. El propósito de enmienda, la lejanía y el viento arrastrando los granos de arena que chocan incandescentes contra la piel. Duele el recuerdo, el no saber y el que nadie sepa. Duele cuando llueve y te encuentras a ti misma soñando con unas botitas de goma de plástico y unos pies que las hacen rebotar sobre los charcos. Duele cuando hace sol porque un columpio se balancea solo al viento suave de la media tarde, porque vuelves sola del parque, tu mano vacía. Duele porque el cuento te lo lees delante del espejo y te ves llorar. Y de nada te vale que al día siguiente salga un sol nuevo, porque cada sol y cada luna son irrepetibles, o quizá no, y lo único que es irrepetible es el hijo que no tuviste, el compromiso por el que vives, el momento pasado y la intensidad de la vida que ha alumbrado ese sol y esa luna, pero nada más.

Duele, infinito. Y punto y nada más".

OJALÁ QUE NO PUEDA TOCARTE ....

(hojas sueltas del diario de Jaime)

"Febrero

"Ojalá no pueda tocarte ni en canciones ..." pero te toqué y me emborraché con tu veneno. ¿Y ahora qué? ¿Cómo borro todo lo vivido, lo amado, lo entregado, lo regalado, lo sufrido? Te toqué, ¡te toqué! Y te volvería a tocar una y mil veces. A bañarme en el mar salado del sudor de tus goces, a sumergirme en el dorado océano de tu cuerpo, a recorrer sumiso cada pliegue de tu piel. Volvería a dormirme cada noche soñando con que llegue la mañana para encontrarte a mi lado. A intentar adivinar qué pensabas en ese momento, a respirar el aire que te rodea para insuflarme de tus misterios. Volvería a prepararte ese té tan malo que no sé preparar sin el toque mágico de tus manos, a recoger el cuarto donde vamos abandonando lo que se nos pone por medio y que nunca ordenamos. Volvería a recorrer el pasillo, el portal, subir en el ascensor, presintiendo el abrazo de pasión que me esperaba, rogando para que corra más el artilugio y llegar antes a tu lado, derribar la cancela de tu distancia y conquistar tu cuerpo. Volvería a pasear en silencio a tu lado por la calle. A escuchar tus reflexiones sobre lo que verdaderamente es importante en esta vida. A comprarte un helado que luego se te caería al suelo, sólo para verte reír.

"Ojalá no pueda tocarte ni en canciones ...", pero yo sí quiero tocarte. Y hacerte el amor mansamente, como la primera vez, o como la segunda, ..., o como la última. ¿Qué diferencia hay?, para mí todas fueron iguales: tú, mi deseo, estabas allí,

25

aguardando o mandando. Unas veces me pedías, sin decir palabra, otras veces me dabas, sin explicarme nada. Entregando o recibiendo, culminando o sin llegar nunca a la consumación total, en un preludio eterno que más de una vez nos rindió al sueño sin llegar a extinguir el deseo, dejándolo para la mañana siguiente, con el despertar, "para ir contentos al trabajo", decías. ¿O es que acaso el amor es sólo jugos? También se hace el amor con una mirada infinita, en un segundo o en una hora, en un día o a lo largo de varios meses, o años, o toda la vida. A veces con una mirada se llega más al fondo que con el cuerpo. Con un beso, con el encuentro suave de unos labios, con el ansia exploradora de unas lenguas que se buscan y se gustan y se entretienen en el infinito de unas bocas cuya profundidad nunca llegan a conocer del todo. No, el amor es algo más que dos cuerpos, que dos energías que se entrelazan, el amor, sobre todo, son dos personas que se sienten felices aún con solo estar cerca, aún sin hablar ni tocarse. Y el deseo culmina la acción.

"Ojalá no pudiera tocarte ni en canciones ...", pero te toque. Y me bebí el veneno escondido en tu piel. ¿Cómo voy a renunciar?, ¿cómo voy a olvidarte? Ya no puedo. Es imposible. Ojalá te hubieras llevado contigo tu diario. Ojalá yo no lo hubiera descubierto entre tus papeles, ojalá hubiera entregado las carpetas sin abrir a tus colegas de la Organización. Ojalá jamás hubiera abierto sus páginas. Pero lo hice. Y al final, tu última anotación me llenó de estupor, arranqué la página y la guardé, para llevarla hasta los montes y dejarla prendida de la rama más alta del pino más inhóspito, para que el sol, el viento y la lluvia lo pudrieran y lo borraran. Ojalá borren su historia. Ojalá borren mi memoria también

EL ÚLTIMO VIAJE

Desde la ventanilla del avión, la realidad se ve muy diferente de cómo se aprecia desde el suelo. La imaginación se deja llevar por la magnitud del paisaje, pero por la noche, la ventanilla no es más que una especie de taquilla cerrada: hemos llegado tarde, todas las entradas estaban vendidas y nos perderemos la sesión; no queda más remedio que dormir, leer o iniciar una vana conversación con el compañero de al lado, si apetece, claro. Jaime ha viajado tan poco en avión que siente miedo a pesar de que le han demostrado que es, estadísticamente, el medio de transporte más seguro. Y ese miedo se sustenta en lo más esencial del ser humano: la capacidad de razonar.

- La física más básica lo corrobora, cualquier ser humano, a pesar de su ínfimo peso, es incapaz de elevarse del suelo más que por unas décimas de segundo, ¿cómo es posible que una masa metálica que acumula tantos quilos pueda remontar el vuelo?, la respuesta es sencilla: ¡brujería! – afirmaba riéndose.

- El mérito está en encontrar el equilibrio entre la velocidad para el impulso hacia arriba y la gravedad, que lo tira hacia abajo.

Ni siquiera el de la rueda le parecía mayor invento que el de conquistar el cielo pues, a fin de cuentas, ésta surgió de una cierta lógica y utilidad, pero el ser humano no tenía la función de volar, fue la realización de un sueño, de una fantasía de unos pocos locos que fueron dejando su pellejo pegado en la arena, para que un día como hoy, unos cuantos fueran cómoda y rápidamente de un punto a otro

27

del país, del continente, del planeta, o incluso, fuera de la propia Tierra.

- ¿Cómo no creer entonces, que alguna vez el macho de cualquier especie pueda llegar a parir?

El día está claro. Apenas ha comido para que el estómago no le traicione. En realidad, siente vergüenza de su propio miedo. Una vez alcanzado el asiento junto a la ventanilla, a su lado se sienta un joven elegantemente vestido, correctamente afeitado, poco más de 30 años y con toda la pinta del típico yuppie en "viaje de negocios". Siente un incomprensible rechazo a su cuidada presencia, un cierto complejo por si adivina su miedo a volar, eso le hace que intente evitar cualquier conversación. Observa de reojo, el desconocido lleva varios periódicos, abre uno de color sepia, lo hojea distraídamente y se detiene aleatoriamente en artículos y gráficos que observa con detenimiento; también trae revistas de cuché que deposita en la bandeja que se desprende de la trasera del asiento delantero. Jaime juega a adivinar los nombres a través del color y el grafismo de sus lomos. "Aquel es el Muy interesante, seguro, este tal vez el Geo, y ese ... el Tiempo o similar y aquél ... ¡coño, un Play Boy!, ¡vaya con el yuppie!, no sólo de pan vive el hombre ¿eh?". Hace tiempo que Jaime no hojea ninguno, pero su presentación es inconfundible. Recupera la inclinación de los ojos justo cuando ya empieza a ser molesto el estrabismo cotilla y toma un sorbo de un vaso de agua que ha pedido nada más levantarse la prevención de abrocharse los cinturones. Lo peor dicen, es el momento de elevarse, pero ya ha pasado; ahora por fin ha pasado todo, una experiencia ver cómo va tomando velocidad el avión antes de iniciar el ascenso y observar cómo se separa del

28

suelo cuando sube, dejando en milésimas de segundo todo lo que significa la seguridad de pisar tierra firme.

Ahora le viene el recuerdo de aquél piloto. Se conocieron por casualidad, salía de un aparcamiento con el coche nuevo, cuando un gran todo-terreno le envistió marcha atrás. Con gran educación, el conductor se bajó y pidió disculpas reconociendo el error. Los daños eran mínimos. Cuando contó a Lucía la historia y le mostró el parte de siniestro, rompió en carcajadas. Resultó que el conductor en cuestión, no era otro que el piloto del avión de la Organización.

- Los buenos pilotos solemos ser muy malos conductores de automóvil – le explicó mucho tiempo después. - Conocí a un piloto de las reales fuerzas aéreas inglesas que estuvo en España dando unos cursos en uno de esos aviones militares que rompen la barrera del sonido, era el mejor de su promoción, pero cuando estaba en tierra, siempre conducía otro, daba pánico verle sentarse al volante, no sabía distinguir un paso de cebra de una autopista y los peatones para él eran sombras que se cruzan.

Jaime piensa si ese amigo no era otro que el mismísimo piloto de la Organización. Algunos abandonan la disciplina militar por la aviación civil, donde ganan más, y puede que Lucía influyera en su decisión de forma determinante. Ella era muy reacia a hablar de su pasado y de sus historias de amor. No soportaba los celos y defendía su independencia contra todo, si Jaime le insistía en conocer algo que ella no quisiera contar, reaccionaba marchándose.

29

Mira de nuevo por la ventanilla. Las nubes por encima del avión semejan un techo imposible de atravesar, pero cuando se adentran entre ellas, se convierten en un lechoso colchón sobre el que apetece dejarse caer; buena sensación para el hipotético caso de que el avión tuviera un percance; mal consuelo que le brinda una cierta tranquilidad, aunque sólo sea ficticia, sin pensar que bajo ellas no había absolutamente nada, salvo el espacio vacío en caída libre hasta el duro suelo. Sueña que los hilos blancos que trenzan las nubes, se van a quedar como lianas enganchadas en las alas del avión sosteniéndolo, deteniendo su vuelo, sin embargo, el aparato las atraviesa como si fueran un espejismo. Imagen que enlaza mentalmente con la desforestación del desierto, donde un oasis es como una nube solitaria en la inmensidad celeste. Así ocurre cuando alcanzan el cielo abierto y dejan atrás las nubes. El infinito se presenta desde unos incontables pies de altura (según anuncia una voz rubia por megafonía), toda la variedad de los colores del mundo. Un brillo deslumbrante como una fina llovizna que empapa, se cuela por la ventanilla. No es una luz como la del sol que acompaña por el campo, es otra cosa, es el mismísimo Sol allí enfrente, mirándole, a un mismo plano de altura, como de igual a igual, retador; tiene la sensación de ser parte del cielo, parte de lo que hay debajo, como el resto de las cosas, incluido el avión mismo, fuera, lejos, por encima, pero por dentro, porque es parte misma, como las nubes o como los árboles, dependiendo del plano. De alguna forma, se siente un dios menor respecto de la Tierra, observando desde arriba a los hijos de los hombres.

- ¿De vacaciones? – Lo que más teme Jaime, el compañero de asiento le dirige la palabra. Seguramente cansado de

30

pasar páginas, busca otra distracción alternativa, o quizá porque algún tipo de urbanidad obliga a que los viajeros intercambien datos, para matar el tiempo del viaje. Toma otro sorbo del vaso de agua.

- Pues sí, voy a pasar unos días con la familia – Trata de parecer lo más relajado posible. El extraño le está estudiando con la mirada, el acento, la forma de vestir, los movimientos y la postura. Pero también Jaime aprovecha para un interrogatorio mudo del mismo talante: es más o menos de su edad, pero intuye una forma de vida y, por tanto de ser, muy distinta. Debería haberle tratarlo de tú, pero un recuerdo de niñez grabado en su memoria, le rebela a su madre diciendo "no hables con desconocidos", e instintivamente forma una barrera que lo distancia del entorno, a veces muy a pesar suyo, pues condiciona el inicio de cualquier relación. - ¿Y usted?

- Cuestión de trabajo, pero tutéame, por favor. Salvo que seas de una de esas extrañas religiones que pululan por ahí … En un viaje coincidí con un muchacho que militaba en los hijos, o los sobrinos, ¿o era en los primos?, no sé, algo así, de "nuestro señor de…" no sé qué; no pude sacarle ni una palabra que no fuera de religión, ¡qué aburrimiento! – y se queda mirando con un cierto tono inquisidor. - Soy representante de unos laboratorios. Suelo hacer este viaje cada quince días más o menos. Aquí coincidimos muchos pasajeros habituales. Pero a ti no te había visto antes, por eso he supuesto lo de las vacaciones.

- Lo entiendo, suelo viajar en coche o en tren, porque el avión me da algo de miedo, pero esta vez, tenía prisa y ganas de experimentar.

31

- Claro, espero que todo esté siendo positivo, dicen que es el medio más seguro del mundo. – Y deja transcurrir unos segundos mientras sonríe y observa, Jaime afirma con la cabeza, dando como verdad incuestionable lo que ya tantas veces ha oído – Por cierto, me llamo Juan José Novelda, pero mis amigos me llaman JJ – tiende su mano, le suena a tremenda horterada, pero se ahorra el comentario –, temo que tu viaje no sea por ... descanso.

- Así es, - buena intuición, se dice - el calor del hogar, ya sabes – Deja pasar unos segundos sin respuesta, mientras la mirada escrutadora del inquisidor intenta adivinar qué era lo que podría haber pasado. Acostumbrado por su oficio a catalogar a las personas para saber cómo tratarlas, ¡el señor Novelda, JJ para los íntimos!, representante de unos conocidos laboratorios médicos, está analizando a Jaime, el viajero, sobre la marcha, lo cual resulta muy molesto, así que no le da tiempo de continuar. – No me he presentado, por cierto, me llamo Jaime, trabajo en el Banco del Noroeste en Madrid, soy director de cuentas. Puede que conozca tu empresa y tal vez hayamos tenido relaciones comerciales.

- Sin duda, mi empresa es ... ¡muy amplia! – Y suelta una sonora carcajada a destiempo. En ese instante, una atractiva rubia de esponjosos rizos, se vuelve unos asientos más adelante para mirar hacia ellos, se levanta sus gafas de sol mientras dice desplegando una amplia sonrisa:

- ¿JJ, ERES TÚ? – se acerca bamboleándose por el pasillo sobre unos increíbles tacones, delineada su estupenda figura por una minifalda gris y una blusa mal cerrada sobre sus oprimidos senos, rifando un vago atisbo a los ojos lujuriosos que los varones le lanzan, envidiosos de no ser ellos el tal JJ. Ni siquiera Jaime se contiene de mirarla con

32

descaro. Tampoco a ella parece importarle o es acaso que ya está demasiado acostumbrada.

- ¡JJ!, - repite con cierto histerismo - no te he visto entrar, pero en cuanto te he oído hablar me he dicho … "esa voz", y efectivamente eres tú, la carcajada te ha delatado, ¡mi tierno Judas Iscariote! – sonríe al decirlo. Ya llega a su altura, JJ, como un gran pavo que despliega todos sus encantos, se pone en pie para recibir los dos sonoros besos y el abrazo que provocan la envida general de los mirones.

- ¡Patricia, que alegría verte!, -dice por fin y con una pícara sonrisa añade - ¿cómo es posible que no haya reparado en ti?

- Será por la compañía – JJ estúpidamente despreciativo se vuelve hacia Jaime, mientras que la rubia, que ni parecía haberle visto, le señala con una indicación de la barbilla al Play Boy. Ambos ríen cómplices, eso es otra cosa.

– Siéntate aquí, este va vacío - dice JJ -, tengo un montón de cosas que contarte que me han pasado desde la última vez. – La ansiada presentación no se produce y Jaime guarda su sonrisa preparada para un cálido recibimiento.

Al parecer, aunque eran tres, Jaime se vuelve invisible de repente, tanto para el tal JJ, que sin mirar le entrega las revistas y la prensa en un amable gesto de deferencia como diciendo "hale niño, entretente con esto y no molestes a los mayores que tienen que hablar de cosas importantes", como para "la ricitos de oro". Efectivamente, la tal Patricia hace una breve inclinación con la mano a modo de único saludo y a continuación se recuesta sobre el respaldo del asiento quedando tapada por la cabeza de JJ, Jaime sólo puede distinguir sus ensortijados rubios con

33

alguna mecha de castaño, asomando sobre el perfil del compañero de viaje. El inicio de unas largas piernas cruzadas, asomando de la mínima falda como una promesa interminable, embozadas por unas medias de fantasía en rejilla negra, con un toque perla simulando estrellitas en alternativos contornos, superan también la figura interpuesta del banal JJ.

- ¡Ay, perdona! Este es Jaime, se va unos días a casa de sus padres. Trabaja en Madrid ¡en un Banco! – Patricia se asoma de nuevo, le dedica una escrutadora mirada y tiende una mano blanca de largos dedos y afiliadas uñas pintadas del color de la camisa. – Patricia es modelo, seguro que va a hacer algún bello trabajo en la costa, ¿me equivoco?

- Pocas veces lo haces, JJ, sobre todo conmigo, soy yo la que me engaño estando a tu lado – añade mirándole con cierta ironía.

- Encantado, ¿qué tipo de modelo? – Ambos ríen cómplices.

- De la mejor, ¡no te lo puedes ni imaginar! Pero seguro que si ojeas las revistas que te he dado, podrás reconocerla en "alguna". – Y regresan a su intimidad hablando en voz baja.

Jaime se queda pensando. Comprende que en aquella fiesta hay menos flores que jarrones, así que está de más. Es como si un telón se hubiese corrido a ese lado de su asiento, sólo le queda la ventanilla como escapatoria. En el fondo no tiene ganas de conversar y le intriga lo de las revistas, es fácil imaginar a cual se refería, pero para no parecer demasiado ansioso, empieza por el "Muy interesante". Durante un instante la invisible cortina que lo aísla, se abre levemente, sabe que ambos le miran y sonríen, no resulta extraño, a Patricia menos, sabe que es el

34

centro de atención de los hombres que, por el contrario, disimulan ante ella, tan voraces en su imaginación como tímidos en su presencia. Pero también es centro de las miradas de las mujeres, a veces con admiración, casi siempre con envidia. Así que decide que para no ser objeto de sus silenciosas burlas, alternará las vistas por la ventanilla mientras pasa como distraídamente las hojas de una y luego otra de las revistas, deteniéndose aleatoriamente ante cualquier artículo que pudiera parecerle interesante.

El sueño le tienta.

Largas venas, tortuosas, oscuras, surcan el mundo, vistas desde una avión a cierta altura, semejan un cuerpo humano donde el sistema sanguíneo está dibujado sobre la piel. Desde ahí arriba no se distinguen los vehículos que se desplazan por esas largas arterias, ni mucho menos las personas que los ocupan, o las que están paradas charlando en una esquina, o leyendo el periódico sentados en un banco, o corriendo por el parque hacia cualquier lado, pero como si fuéramos un dios omnisciente, los suponemos haciendo estas tareas y otras más. Según el grosor de la arteria, cabe imaginar que una sea una gran autopista, otra una carretera importante y la otra de más allá, cualquier tipo de camino, hasta un fino hilo cuyo color amarillento se destaca de los ocres y pardos que lo rodean, asignándole la categoría de camino vecinal, sendero yermo que apenas se diferencia del entorno que lo rodea.

El pequeño dios imagina autos y camiones que recorren las líneas más gruesas a gran velocidad y hasta aguzando la vista puede distinguir sus más mínimos detalles, es como llegar a ver los glóbulos recorrer las venas

35

con solo mirarnos la raya azul que sube por nuestro antebrazo. Jaime lo inventa de cualquier forma, quizá influido por un artículo sobre la circulación sanguínea que hojea en el "Muy interesante". Imagina familias de vacaciones, hombres de negocios y representantes, como JJ, preocupados por una llamada urgente que esperan y no llega, o que quizá atienden mientras conducen con su "manos libres"; mujeres que buscan su mundo, o su hueco en la vida una vez derribadas las barreras que a sus abuelas retuvieron, como si fueran Thelma y Louis; jóvenes ilusionados con la vida que les espera, o simplemente con la "escapada" que inician. Desde la altura todo se ve de otra forma, con más calma, con más distancia, y se puede reflexionar.

Ahora hojea el "Geo". Siempre le sorprende la calidad y variedad de fotos sobre naturaleza y eso le inspira nuevamente a buscar similitudes con lo que ve, cual ave preeminente y anónima, pues tiene el privilegio de tomar de la realidad a través de la ventanilla del avión lo que le plazca y compararlo con la instantánea que tiene ante sí. JJ y Patricia continúan su animada charla pero tan en susurros que no permiten que se distinga una palabra de otra, sólo le llega un rumor seseante como el de las serpientes.

Mira hacia abajo de nuevo a través de la escueta ventanilla, deben hacerlas tan pequeñas para contrarrestar el posible vértigo, deduce, pero no es así y él no lo sabe. El terreno abajo se divide por sus diferentes tonalidades, las tierras labradas de las de barbecho, los bosques de las llanuras, ... o eso piensa. Al menos así en su imaginario diferencia las parcelas según los distintos colores, sin saber que efectivamente así se hace en determinadas tareas de tasación agrícola.

36

El sol brilla para maximizar aún más los diferentes matices, desde el verde más vivo al oliva negro, del ocre agrio al amarillo fornido, pequeños goterones azulados y parduzcos quieren simular, quizá, pantanos, ríos o remansados humedales. La paleta de trabajo de un pintor impresionista no contiene tantos matices. En la imaginación se van ubicando todos de una forma ambigua, descoordinada, que prefiere recrear a su gusto para lanzar los brochazos medidos, justos e imprescindibles. Hasta sitúa los tractores arando los surcos, o los rebaños de cabras triscando los montes y las ovejas rumiando los campos recién rasurados, aprovechando las briznas perdidas, que dejaron olvidadas las cosechadoras. Vé hasta el pastor y distingue a sus perros que corren ladrando arriba y abajo de la masa lanuda. Al menos reconoce que no son más que imágenes inspiradas en los recuerdos de infancia, que regresan para ocupar un espacio indeterminado tras la ventanilla del avión, con los ojos cerrados. Regresa así a lo más básico, a lo más hondo de su origen, en busca del calor y la seguridad del hogar familiar, porque lo necesita. Esconde la mirada y si no fuera por el temor a lo que digan, se encogería en posición fetal a la espera de una mano cálida que acariciase su cabeza con dedos gordezuelos de mujer mayor.

Cree distinguir también lo que supone son pueblos y ciudades, y se las imagina repletas de gentes, de coches, de ruidos. O tal vez sean tranquilas aldeas perdidas. Las venas que atraviesan los campos, las enlazan en la distancia, unas más anchas, otras más finas. A mayor sombra mayor grosor del hilo que las atraviesa. Y sueña con qué estará ocurriendo a esos miles de quilómetros bajo sus pies en este momento. Sorbe un poco más de agua que le ayude a pasar el vértigo de la altura y suelta el numen de la imaginación a su antojo. En algún sitio unos chavales se ocultan, se han escapado de la escuela, tal vez por primera vez y lo van a celebrar dando una chupada a un cigarrillo que han sustraído de algún bolsillo despistado, en realidad son recuerdos propios que retornan, vé caras de niño que fueron sus amigos, uno toserá más que el resto y se asqueará de aquel veneno para siempre, otro aguantará el tipo, se siente el líder del grupo y debe mostrar fortaleza, el resto reaccionará de forma diversa, algunos como vasallos acomodaticios del autoproclamado jefe, otros más apenados llorarán al sentirse culpables, pero casi todos se sentirán más mayores que ayer. Los estereotipos se repiten en los grupos humanos. Jaime fue el que tosió y no ha vuelto a fumar, Lucía sí fumaba. Puede que los chavales de hoy obren de otra forma, aunque el medio sea distinto, los finales son idénticos. "Debería ocuparme de saber más cómo son los adolescentes actuales, pero ¿para qué?".

Tal vez en algún lugar, un hombre canta su mala suerte mientras trabaja, a la espera de que la música le distraiga un rato de sus penas. O no trabaja, ni menos aún canta. Y una mujer, mientras tanto, en otro punto, está "a sus tareas" por enésima vez, preguntándose por qué es así el mundo y no de otra forma. Esperando la sucesión de los días y de esas pequeñas alegrías que la vida nos regala. Instantes furtivos que se asoman de vez en cuando, como baches en el camino. Algunos transitan por autopistas, otros por veredas, "lo que para unos es un bache, para otros un montículo", decía un viejo vecino, con esa filosofía sabia del que calienta al sol las canas de toda una vida cargada de batallas. "¿Bolsa, qué bolsa?", preguntaba una buena mujer, "yo no sé de crisis" y chasqueaba la lengua mientras cavaba el huerto, o lavaba a mano la ropa, o se peinaba al sol. Sabiduría popular. "Con unas patatas, unos tomates y unos trozos de gallina vieja se consigue un guiso para una semana y además está bueno", decía Lucía tantas veces y Jaime la creía. Y a partir de aquí su mente se pierde en el recuerdo de sus ojos negros, como negra se le queda la mente al recordarla.

Ahora ya ha recorrido el "Geo" hasta el final. Ahora se le abren dos posibilidades, las hojas "sepia" o el "Play Boy". Las primeras suenan a trabajo y no tiene ánimos de sentirse responsable. La famosa revista le atrae codiciosamente, "por el arte de su fotografía", sonríe por dentro, "o por la profundidad de sus artículos", se responde consciente y divertido. Dejando aparte los vanos pretextos, ha de reconocer que lo que realmente está deseando es comprobar si la exuberante rubia, compañera de vuelo, aparece por allí y de qué forma. La gran sorpresa iba a ser verla únicamente presente a través de la firma de un artículo periodístico y no como protagonista del póster central. Pero quiere disimular para no dar la impresión de ansiedad. Tanto Patricia como JJ siguen absortos en su flirteo interminable, supone que como reiteración de tantos encuentros.

Allá abajo, escondidos hasta de sí mismos, un hombre y una mujer hacen el amor en secreto, especula Jaime. Luego huirán calladamente y regresarán a sus respectivas vidas con un renovado vigor. O tal vez cargados de arrepentimiento se juramentarán no volverlo a hacer. Son pequeñas tragedias cotidianas. Por el contrario, felizmente, dos adolescentes aprovechan la ausencia de los padres para descubrir la sexualidad, amor e ilusión, promesas y sueños, ¡a quién no le ha ocurrido! Y a partir de aquí desarrolla una inabarcable teoría sobre la soledad de las

39

personas y los espacios muertos de la vida, los que surgen entre las parejas que llevan años juntos, los que se crean con las dudas e inestabilidades, los que se originan con las decepciones que se acumulan, con las expectativas que se defraudan. "Lucía, ¿qué ocurrió?". Se censura a sí mismo "tengo una insufrible tendencia a buscar lo trágico me dijo el sicólogo". Los sicólogos no son gente de fiar, esa es su conclusión, está convencido de que hay que escucharlos, como se oye cualquier buen consejo que procede de la experiencia, nada más. Estos pensamientos le hacen daño. Le duele pensar en el sexo ocasional, el sicólogo dijo que debía enfrentarse a ello porque lo asociaba con el dolor y la tristeza, con el desamor y la soledad, pero son cosas reales que suceden realmente, quiere olvidarlo, borrarlo, pensar que no existe, que es fruto de la imaginación de los escritores, pero sabe que no es verdad, ni siquiera es negativo. "Lucía ¿dónde fuiste?".

Y de repente todo cambia, allí esta ella, magnífica, esplendorosa, Patricia en toda su naturaleza, aderezada por la técnica, pero en nada es despreciable, aunque hubieran contribuido los redactores, en mayor o menor medida, para éxito suyo y de la publicación como meras circunstancias, Patricia es divina a pesar del retoque. Es un sueño, roza la perfección, al menos sobre el papel cuché. Jaime no quiere ni mirar hacia donde charla con JJ, por si acaso está mirándole y el sonrojo le delata. Sus imágenes rellenan varias páginas y, como se figuraba, el poster central es suyo. Maquillaje y peinados específicos para la sesión, nada que ver a cómo ahora viaja, pero es de suponer que a ella le gusta ser menos reconocida, aunque sea difícil con la llamativa ropa que usa. La sensualidad que ha desplegado por toda la cabina del avión, emana de ella misma, de su

40

forma de sentarse, de su forma de caminar y de hablar, y se revaloriza con las fotografías que contempla, con cierta avidez por cierto. Lucía se reiría de él, apostaría a que sería incapaz de abstenerse, en el hipotético caso de que una mujer como Patricia se lanzase a su cuello, de negarle una noche de placer. Pero como eso es ciertamente imposible, puede permitirse el lujo de soñar y negarlo todo, algo así como el viejo cuento del zorro y las uvas, "estaban demasiado verdes, no las quiero", Jaime es el zorro, Patricia las uvas.

Cuando el avión gira, el suelo se acerca, parece como si se hubiera puesto unas gafas de aumento y viese agrandarse las cosas. Pero es solo una sensación provocada por su miedo a volar. Bebe un poco más de agua. Seguro que ahora mismo su cara está blanca, piensa. Y busca perderse en las mil historias que imagina ocurren allí abajo. Una sombra relativamente grande se mueve, inventa que es ganado que asustado por el ruido del motor del avión, huye despavorida. Pero ni es una manada ni el avión está tan cerca como para que les llegue el estruendo, más bien es la confluencia de una imagen vista en alguna película del Oeste. En realidad se trata de una nube situada más alta que el avión y que se mueve delante del sol, proyectando su sombra sobre la tierra, el mismo giro del avión, hace que parezca una masa en movimiento. En la vida, reflexiona, también muchas nubes nos enturbian la mente y vemos lo que no es, nos dejamos deslumbrar por imágenes preconcebidas, pero son solo reflejos falsos. "Lucía, ¿qué pasó?".

Jaime se propone un reto a sí mismo: cuando llegue indagará en el mapa los lugares por los que está pasando. Y para comprobar cuán distintos son vistos desde el cielo o a

41

ras de suelo se propone hacer el regreso por carretera o en tren, para ver de cerca esos campos, esos pueblos, esas ciudades y esas gentes que ahora adivina desde lo alto, y así establecer una relación de continuidad entre las imágenes y los sueños. El plano y el alzado, como en un estudio de arquitectura. También se propone consultar los diarios locales para saber qué ocurrió este día, mientras sobrevolaba cada población. La visita de una ilustre personalidad, la inauguración de un parque, un museo o un colegio, una pequeña tragedia doméstica, o mejor, ¡una celebración!, cuántos niños nacieron, cuantas personas fallecieron. Será un poco como sentirse partícipe, pero a distancia, de ser ese dios omnisciente que lo ha visto todo desde lejos, como siempre le gustó situarse respecto de los acontecimientos, en actitud de observador que todo lo ve y acumula, pero que no interviene y mantiene una indolente comodidad. Sin mezclarse, sin hacerse responsable. No como Lucía, tan coherente, tan comprometida.

Vuelve a mirar por la ventanilla. Ahora encaran unas montañas, le parece ver moverse sombras allá abajo, será una excursión de montañeros ascendiendo en la nieve, piensa, en realidad son los diferentes accidentes naturales de las propias montañas, declives del plano terrestre y pequeñas cimas. Pero la imaginación se emperra en la epopéyica posibilidad de un ascenso "al filo de lo imposible". Quizá por que de joven vivió tan de cerca la montaña y quiso ser escalador, pero no pudo, o mejor dicho, no se lo propuso con el suficiente empeño, como todo, siempre esperando que un impulso ajeno le lanzase hacia adelante. No era así Lucía.

La nieve parece aún más blanca desde ahí arriba, el sol la hace brillar aún más. "¿Llevarán los pilotos gafas de

42

sol para evitar deslumbrarse como haría cualquier conductor?", se siente estúpido. El día es claro y el tiempo óptimo. No han tenido ni un "bache" que llaman. Y a pesar de todo, ha tenido que hartarse de agua para asentar los nervios. Ahora la vejiga exige su turno de réplica. Cuando se dirige al baño, no puede evitar recordar la ya gastada imagen de las películas de serie X, donde una aventura sexual se resuelve en su interior en imposibles posturas. Se siente ridículo, también por pensarlo. ¿Será la influencia de la imagen de Patricia en la revista?, parece la situación ideal para que así sea. La imaginación es libre. "¿Qué habrán pensado al verme pasar ante ellos y dirigirme al baño tras cerrar el "Play Boy"?", se pregunta mientras orina y vuelve a sentirse estúpido por tercera vez. Su autoestima se está yendo por el desagüe. ¡Uf! Vuelve a su asiento y al pasar ante JJ y Patricia no percibe nada especial, siguen a lo suyo, aparentemente ni se han dado cuenta de que se ha levantado y eso que han tenido que retirar sus piernas para dejarle pasar. "Qué largas piernas las de Patricia, por cierto", no ha podido evitar fijarse por unas milésimas de segundo y aún juraría que ella le ha mirado de reojo. No quiere pensar que lo haya notado, ¡se moriría de vergüenza!

Vuelve a mirar la nieve, desde aquí se muestra como un mar irregular, con sus atractivos cantos de sirena, pero no se deja arrastrar hacia sus brazos, huye y ruega que los pilotos hagan igual, que no se dejen arrastrar como argonautas. Y vuelve a refugiarse en su imaginación, donde traza las historias que pueden estar ocurriendo ahora mismo a miles de quilómetros bajo sus pies. Puede que alguna signifique el inicio de un hecho que le afecte en un futuro. A veces tenemos la sensación como de haber vivido ya algo que nos está ocurriendo en ese momento, pero es sólo

43

porque un día, inconscientemente, unas fantasías nacieron en nuestros sueños y al cabo de un tiempo un hecho cierto se asemeja a lo que artificialmente creamos y lo confundimos con la realidad. O si no, debemos admitir la telepatía, la reencarnación, ... como hechos objetivos, no podemos quedarnos con la mera casualidad. El sicólogo le ha dicho que en su caso es todo consecuencia de una imaginación desbocada, que se refugia en su soledad y su silencio. Le recomienda salir más y relacionarse con todo tipo de personas.

De repente desaparecen las montañas y el avión da un pequeño salto hacia abajo que le devuelve al mundo real, es como si la piel y los huesos hubieran continuado en el asiento, mientras las entrañas hubieran salido volando a lo más alto del techo. El paisaje ha cambiado, ha perdido el blanco inmenso y ha recobrado el multicolor de verdes, amarillos y marrones en todas sus gamas. Comienzan poco a poco a aparecer otros tonos menos salvajes, más doblegados por la intervención humana, el rojo teja, el variado crema, el azul figurado, el verde carruaje, ... la civilización. Ha llegado el momento temido del descenso en busca del destino final, el aeropuerto. JJ y Patricia siguen con su charla, hay un mayor acercamiento entre ellos, ya no hay duda de lo que planean. "En el mismo aeropuerto hay un hotel, pero ¿qué me importa a mí?", se dice Jaime.

Ya se distinguen las pistas de aterrizaje y la Torre de Control. Vista desde aquí parece el juguete por piezas de un niño. Las luces rojas se encienden, hay que abrocharse el cinturón y eso le causa un tremendo desasosiego, se atora pensando que cuenta con sólo unas décimas de segundo y se siente más torpe aún con las prisas, no sabe qué hacer con la botella de agua que sostiene en una mano, la que

44

necesita para la "operación cinturón". Bebe un trago y como iluminado por una idea, la sujeta con los dientes, mira de reojillo hacia el lado derecho, Patricia y JJ se atan con la mayor naturalidad, sin importarles qué haga él. "Mejor así", piensa.

Precisamente este viaje pretende recuperar parte de esa personalidad quebradiza, según el sicólogo, perdida. El suelo se acerca mientras a gran velocidad se hace más patente el temblor del aparato, hay que conceder el beneficio de la duda a los pilotos. Enseguida siente el golpe del contacto con el suelo asfaltado de su destino, un bote y un fuerte tirón hacia atrás, como en una montaña rusa gigantesca. Es un gran Parque de Feria.

Presiente que su cara debe estar aún más blanca ¿transparente?, con una innegable expresión de terror, los dientes apretados, los ojos desorbitados y los pies apretados contra el suelo como si fuera frenando el avión. Intenta disimular un poco mientras se hace la firme promesa de no volver a volar, pero sabe que es mentira, que lo volverá a hacer. Y cuántas más veces sea necesario.

La nave se detiene suave por fin, sus motores callan tras dejar el avión listo para que sus pasajeros salgan, un camión con una escalera se arrima al lomo del aparato. JJ se despide tras recoger sus revistas. Patricia le hace un gesto con la mano y despliega una sonrisa cómplice. "Sí, te he visto en tu esplendorosa desnudez", piensa Jaime. Sin duda comprará el "Play Boy" en el quiosco del aeropuerto en cuanto baje, lo guardará como recuerdo, así se lo propone.

Pero aún tardará un poco en levantarse, cuando dejen de temblarle las piernas, ¡cuánto se reiría Lucía!

45

Quiere regocijarse en la soledad, ver salir a todo el mundo. Y cuando ya no quede nadie, coger la vieja y raída mochila que heredó de Lucía y que usa como equipaje de mano, e iniciar el regreso a la infancia. Ya empieza a recordar porque está aquí y a qué ha venido ....

Cuando sale del aeropuerto ve cómo JJ toma un taxi. Solo. Patricia camina en dirección contraria. Las apariencias engañan. Su primo Eusebio llega a su altura por detrás y le toca en el hombro.

- ¡Hola Jaime! – casi grita.

TE LLEGARÁ UNA ROSA CADA DIA

(historia de Jaime)

Las paredes del apartamento de Lucía están cargadas de recuerdos. Fotografías de ella misma rodeada por una serie de desconocidos, melancólicos pero felices en ese instante atrapado al tiempo, rodeada de niños que lloran, de niños que ríen, de niños que sufren y miran asustados al objetivo; de hombres que dejan asomar su mellada dentadura, morenos, claros, barbilampiños, barbudos, de aquí, de allá... mujeres que dejan asomar sólo sus ojos tras un trapo de colores, mujeres invisibles, mujeres que sonríen con dientes cascados y negros, de jóvenes viejas demasiado arrugadas para su edad, de sollozos que se heredan y solo los ve quien quiere verlos, mujeres fuertes, pero debilitadas, mujeres simples, pero que son la piedra de toque, mujeres que cargan fardos, cántaros de agua, bebés envueltos en telas, ... Fotografías que hablan de mundos lejanos y sufrimientos ajenos, fotografías mezcladas con otras de compañeros y compañeras, colegas en un paisaje desconocido, en lugares extraños, en poblados inhóspitos, en ciudades sórdidas, en áridos desiertos, en selvas, unidos ante el frío o el calor sofocante, mal vestidos, peor alimentados, agotados, manchados de mil colores sin identificar. Y por contraste, fotografías de Lucía elegantemente vestida asistiendo a actos oficiales. Lucía galardonada y Lucía abrazada en diferentes instantáneas: en medio de Miguel y Roberto, con sus amigas Bea y Julia, o todo el grupo junto con don Anselmo en el centro, exhibiendo el Premio Príncipe de Asturias que les otorgaron, dando la mano al mismo Rey y a famosos personajes.

Juan, al que llamaban don Anselmo en la Organización, con cierta sorna que él asumía con gusto, era hombre de una cierta edad que había aceptado la dirección administrativa poco después de incorporarse, dada su cualificación profesional. Jubilado tras 40 años de profesión en los campos de la Dirección y Organización de Empresas, había conseguido poner orden en la estructura a base de ingenio y fuertes dotes de mando, lo que le valió el cariñoso apelativo de "don Anselmo". No percibía ningún sueldo, confesaba sentirse realmente realizado, según decía su economía particular le permitía "esos lujos". Quizá por cierta similitud con mi trabajo, congeniamos enseguida.

De la pared del apartamento de Lucía cuelgan otros pedazos de su vida, jirones del corazón en forma de máscaras, abalorios, trozos de tela que yo no sé identificar pero que multitud de veces me explicó su significado y procedencia. Por las esquinas de la casa, sobre los muebles, dentro de la vitrina, en la habitación, en los cajones dormidos ..., se distribuyen gran cantidad de objetos traídos de sus agotadores viajes. Cada uno guarda un trocito de historia, de la historia del lugar donde estuvo semanas o meses. Son gotas que van arrullando los recuerdos de la vida en común, de sus ausencias, de mis largas esperas, de sus silencios de días, de sus traumas y de sus lágrimas mudas. Igual que entonces, durante sus largos eclipses, ahora, en el silencio del apartamento donde vivimos nuestra historia de amor, me sirven para mantener viva su presencia, el aroma de su perfume tan personal e inconfundible, tan natural y penetrante, que aprendí a distinguir como un perro de compañía, que ladra nervioso mucho antes que su ama llegue a su lado.

Aprendí a distinguir el sonido del ascensor al subir, cómo sonaba la puerta cuando era Lucía la que lo abría y no cualquier otro

48

vecino, el ruido de sus pasos en el descansillo. Entonces mi pecho se hinchaba y corría a la puerta de nuestro nido, para salir a coger las maletas de aquellas manos a veces heridas, a veces rotas, pero que eran la seda de mis caricias más íntimas; corría para levantar el alma que tal vez mi amada traía encogida en un bolsillo de la vieja mochila, o para besar su sonrisa satisfecha por el trabajo realizado. Había veces que pudo avisarme e iba a esperarla al aeropuerto, pero otras veces llegaba de repente, el equipo había tenido que salir huyendo de la región en la que estaban actuando, ante el peligro inminente de ataques incontrolados que iban en aumento, sin que las Fuerzas de Paz de la OTAN o de la ONU, pudieran garantizarles la seguridad mínima necesaria para realizar su trabajo. Hasta la propia fuerza militar se replegaba y allá quedaba una población civil abandonada a su suerte, lamentablemente acostumbrada al sufrimiento de la guerra continua.

Siempre estaba preparado para recibir a Lucía. Nuestro encuentro era triunfal, de una forma o de otra nuestros cuerpos se fundían en un abrazo, con lágrimas o con sonrisas, pero un encuentro deseado que antes o después se colmaba con sesiones de pasión. Si la expedición había obtenido resultados positivos, el ánimo producía el goce del encuentro inminente, si la frustración era la única conclusión a destacar de la misión, o el cansancio dominaba el cuerpo de Lucía, intentaba darle el tiempo necesario, ser su báculo, prepararle el baño, tenerle la ropa limpia. Olvidábamos las semanas o los meses separados. Ella perdida en su continua laboriosidad, yo en mis infiernos, como unos cachorros abandonados, lamiéndonos las heridas. La escribía largas cartas que jamás mandaba ante la casi imposibilidad de que le llegaran o la peligrosidad de que las recibiese, solo por el hecho de que me hacían sentirla más cera, luego se las entregaba a su regreso,

49

cargadas de largas frases y algunos poemas que ella guardaba en su diario personal, junto con las experiencias que iba acumulando.

No diré que no tuve celos al pensar dónde y con quién estaría. Nunca fui tan ruin como para pedir explicaciones a su regreso, había cosas más importantes que celebrar, ella estaba aquí, otra vez, por fin. Y además intuía que ese era un terreno vedado para mí, lo comprendí al poco de conocerla e irnos a vivir juntos. Si alguna vez se me hubiera ocurrido insinuar la posibilidad de que renunciase a lo que hacía para quedarse conmigo y hacer una vida "normal", inmediatamente tendría que haber hecho las maletas. Lucía había elegido su vida, ella era así y yo la amaba así, supe aceptarla con todas las consecuencias. Lucía era muy celosa de su intimidad y sólo dejaba asomarse a ella, pero no invadirla, ni intentar dominarla. "El amor se da y no pide explicaciones, ni echa cuentas de la cantidad que entrega, ni reclama una compensación en función de lo entregado". Ese era su parecer y yo lo entendía así también.

"Da igual que la otra persona te ame o no para que tú la sigas amando. Se puede amar sin ser amado y hasta sabiendo que nunca serás correspondida", me decía. Y pensaba si con ello quería advertirme que su amor por mí no era el único. Obviamente era consciente que no había sido el primero e incluso me había contado otras historias suyas anteriores.

Lo recuerdo y lo he entronizado con el tiempo. "Se puede amar sin que la persona amada te ame, ni de la misma forma ni de ninguna otra, es independiente. Porque el amor verdadero no depende de que te amen, eso es correspondencia nada más y es lo más sencillo del mundo. Si tanto amo, tanto o más me deberían amar". Pues no, eso no era así para Lucía y también ahora para mí.

50

"Amar es dar amor y punto. Y si la otra persona te ama, entonces se puede vivir ese amor plenamente y disfrutar juntos". "¿Y qué pasa con el amor que no se centra en un individuo concreto, sino en un colectivo, en una raza, en un pueblo, ...?, ¿sólo debemos corresponder a sus amores o podemos amarlos sin esperar nada a cambio?", Lucía lo tenía muy claro y poco a poco me introdujo en sus razonamientos.

"Es como el primer amor de tu vida, ¿no lo recuerdas con un infinito cariño? Ya pueden pasar años y años, que cuantos más pasen, más lo recuerdas, porque fue un amor verdadero que sobrevivirá al tiempo y al espacio", se quedaba mirándome fijamente con sus ojos brillantes como estrellitas en la noche, esperando que yo asimilara el razonamiento "¿O acaso conoces a alguien que hable mal de su primer amor?".

Su forma de pensar, compleja y múltiple, tenía respuestas para todo. ¿Cómo iba yo a ser capaz de juzgar su vida cuando no estaba a mi lado, cuándo su infinito amor se abría como un paraguas ante el compromiso con el mundo entero?, o la aceptaba así o no la aceptaba de ninguna forma y me tendría que marchar. Sólo importaba que a su regreso, el sol volvía a lucir, su sonrisa era inmensa y su cariño infinito. Y que antes o después, hiciéramos el amor, como la primera vez, o mejor, como la décima, donde la pasión ya se juntaba con la experiencia del conocimiento mutuo de nuestros cuerpos y gustos. Aquí, en su apartamento.

Sentado en el sofá del que fue nuestro salón, escucho esa música que tantas veces escuchamos juntos. Lucía, melómana, apasionada de cualquier tipo de arte, como quien sabe apreciar las cosas que cuestan hacerse, admitía mis gustos y los compartía,

51

aunque sus preferencias iban por otro lado, contaba con la innegable ventaja de dominar el francés y el inglés a la perfección, mientras yo seguía el ritmo, ella recitaba las letras. Compartíamos ese momento del día donde todo se vuelve a revivir y se repasa lo que ha sido la jornada, donde se evocan las ausencias y donde se deja correr la imaginación sobre lo que pasará. Es el momento del silencio, del recogimiento, de que la mente emprenda caminos callados que no admiten más que nuestra presencia y el calor del cuerpo amado pegado al nuestro, otorgándonos su seguridad, su cariño, con la plenitud del silencio. No siempre la comunicación tiene que ser verbal, es mentira, hay veces que la presencia es suficiente, sentir el latido de un corazón cercano significa algo más que la mera víscera sobreviviendo.

En una esquina del salón, junto al sofá, duerme el teléfono que casi nunca sonaba durante las ausencias de Lucía. Descansa ahora sobre la mesita color caoba con que un día apareció por sorpresa, toda sonriente, ilusionada, la había visto en una tienda al pasar y se enamoró de ella. No es que sea un pureta dictador del buen gusto o un mago de la decoración, pero siempre pensé que aquello no pegaba con el resto del mobiliario. No sé si fue cara o barata, Lucía era demasiado pragmática como para importarle ese detalle, le gustó y la compró, ¡ya está!, ella era así, impulsiva, decidida, irrefutable. Quizá sea este objeto, el teléfono, el último que mire cuando me vaya del apartamento, pues fue el cauce por donde entraron las malas noticias: avisos de que se iba de viaje, o a través del que mantenía conversaciones apagadas. Fue él quien rompió con los sueños que teníamos acumulados sin realizar.

En las noches en las que Lucía estaba ausente por sus viajes al otro lado del mundo, era cuando más me esforzaba en mantener el calor, para que a su vuelta se encontrara un hogar en toda la

52

extensión de la palabra. Permanecía atento al teléfono, esperando su llamada y que, aunque fuera entrecortado, con ruidos, pudiera oír su voz. Pero raramente ocurría. Era más normal recibir la llamada de amistades para salir un rato por ahí, de copas o de cena, algunas veces aceptaba. Cuando ya fui conociendo a la gente de la ONG, amigos y amigas, salía con ellos, muchas veces con Bea y Julia, sólo los tres, eran unas chicas muy interesantes y siempre resultaba gracioso el trío que formábamos a los ojos de la gente ¡qué a saber qué pensaban! Entre semana era más sencillo, mi trabajo me absorbía. Resulta muy exigente tener una pareja la cual puede pasarse un tiempo indeterminado en algún lugar del mundo del que apenas conoces el nombre y, por tanto, sus condiciones de vida, sabiendo que no está a salvo, que corre riesgos y peligros muy serios. Que tal vez pase algo malo o que tal vez quien vuelva sea otra persona muy distinta que necesite desprenderse de mí, porque ha comprendido que su mejor compañía es la que comparte sus sufrimientos y no quién se queda cómodamente en el hogar a esperar su regreso. Es difícil mantener una vida compartida, alimentar unos sueños, crear un futuro en la distancia, si no es a base de amor, pero de eso es de lo único que yo estaba seguro, de amarla. Guardaba lo suficiente y de sobra como para saber esperar el regreso, aún sin saber cuándo ni en qué condiciones llegaría.

Cada regreso, significaba para Lucía un pequeño triunfo, tanto en lo profesional como en lo personal. Nunca me lo dijo, pero sé que encontrarme allí, esperándola sin pedirle cuentas ni explicaciones, con los brazos abiertos y en la mejor disposición de recibirla, era algo tan relevante para ella, que sólo eso le aportaba ya las fuerzas que necesitaba para recuperar el primer aliento. El regreso se convertía pues, no ya en la vuelta al frio y desolado apartamento, como durante tantos años supuso, o peor aún,

53

además, a los problemas de una pareja que no entendía ni quería comprender su forma de vida, que no la esperaba y que tal vez se encontrase "ocupado". Ahora, sin embargo, había calor de hogar, había amor, un baño, una cena calentita, unas sábanas blancas y limpias deseando acariciar su cuerpo desnudo y unos labios dispuestos a recorrerlo.

"Eres como Escarlata O'Hara" me reprendía Lucía "que cuando tenía que tomar una decisión importante, lo dejaba todo para el día siguiente". Lo decía a menudo cuando no la prestaba la suficiente atención a lo que me estaba contando. En realidad, no era que no la escuchara, es que no quería pronunciarme sobre algo que no comprendía totalmente y, para esquivar dar una opinión a la ligera, buscaba refugio con la mirada en otro lado o rehuía la responsabilidad con aquella frase tan manida pero lapidaria "estoy muy cansado para pensar esta noche, mañana te contesto". Su reacción siempre era la misma, una irónica sonrisa y una interrogadora mirada que no llegaba a materializarse en palabras.

En el fondo, creo que lo que más le gustaba de mí, era mi capacidad de escuchar horas y horas, dejándome llevar por la musicalidad del tono de su voz. No le extrañó nunca que tantas veces le pidiera que me contara algo, cualquier cosa, necesitaba sentir el bálsamo de sus palabras arrullando mis sentidos, necesitaba ver cómo movía sus labios para modular la entonación precisa y cuidada de cada sílaba, ver asomar sus dientes blancos entre la delgada línea y sentirme acariciado por el cálido aliento que emitía su cuerpo como el latido del corazón. Recuerdo cómo moría de deseo por besar su boca mientras me hablaba, en un

54

largo y ansiado encuentro, pero si lo hubiera hecho no hubiera escuchado sus palabras y debía optar por una cosa o por otra, a pesar de que tanto me gustaban ambas a la vez.

Sé que era plenamente consciente de mis intenciones, pero le gustaba jugar y sentirse deseada. Siempre gustó de ese pequeño juego, mientras se mantuviera en el plano de la inocencia. Lo adiviné a poco de conocerla, cuando venía por el Banco a resolver los asuntos de la Organización y se dedicaba a pasearse de mesa en mesa buscando quien le prestara atención, para finalmente dejarse caer en la mía, como algo casual, puede que al principio así fuera, pero de un determinado tiempo en adelante me buscaba, aunque no lo dijera, aunque no lo supiera, aunque no lo quisiera reconocer nunca en nuestras posteriores conversaciones. Como tantas otras cosas en ella, Lucía no se sentía responsable del revuelo que levanta a su alrededor, precisamente eso hacía que muchas personas la rehuyeran con la vana creencia de que estaba muy pagada de sí misma, cuando en realidad, quienes la conocimos, sabíamos que era sobre todo profundamente humana y sentimental. Sabía cómo moverse para que los hombres la siguieran con la mirada, sabía cuál era su atractivo, pero no se exhibía, ni lo hacía con superioridad. Era su forma natural de ser. Era consciente de su gran atractivo y le gustaba jugar en una especie de montaña rusa donde era la cesta que corre vertiginosa arriba y abajo desafiando la gravedad, yendo y viniendo continuamente, como el oleaje del mar, llena de furia, llena de belleza, repleta de vida y promesas. Pero carecía de la maldad de la mujer fatal, porque no lo era, a pesar de que por envidia alguien la acusara de tal.

Me gustaba saber a dónde iba cada vez que desaparecía con "la Organización", saber por qué viajaba a países tan lejanos y en

55

constante peligro, apenas sin medios, conseguidos escasamente después de duras luchas en despachos y pasillos de cualquier ministerio. Quería saber qué sentía cuando no era suficientemente escuchada ni atendida. Cuánta rabia podía acumular. Con quién había ido a esas entrevistas, qué métodos de persuasión utilizaban, con quién se había entrevistado. Qué le implicaban sentimentalmente sus compañeros y compañeras, si había alguien "especial" entre cada uno de ellos. Sentía unos velados celos que nunca dejaba crecer, porque nunca quería indagar más allá del rinconcito que Lucía quería abrirme en el corazón. Mostraba una pasión tan opuesta a mi abulia de empleado de banca, la pasión que ponía en sus historias humanas de niños y viejos abandonados, hambrientos, dolientes sin queja, mientras marcaba una distancia y una equivalencia con los personajes de nuestra ciudad y nuestra cultura tan por encima, una sociedad que era incapaz de comprender y auxiliar a quien consideraba más pobre económicamente. Sentado ante ella, en la mesa del Banco, gozaba de sus explicaciones. Aprendí a conocerla y me fui enamorando, primero de su personalidad, luego de ella misma como mujer.

Por mi parte, cosmopolita, ansioso en todo momento de respirar el asqueroso humo contaminado de la ciudad, de pisar el duro asfalto y sentir cerca el frío cemento de edificios y rascacielos, adorador de las luces de colores que van marcando la silueta de las calles a través de sus escaparates, en un intento de abstracción y, a través de sus labios ágiles, de su lengua rápida y entre sus dientes tímidos (recuerdo los tres porque soñaba constantemente con penetrarlos y poseerlos con los míos), intentaba situarme en su mundo y comprender por qué una persona como Lucía, altamente cualificada en su profesión tras unos exitosos estudios completados en diversas universidades españolas y extranjeras, escogidas entre las más prestigiosas del mundo, políglota de cinco o seis idiomas, que podría ser cualquier cosa que se propusiera y hasta formar una familia, renunciaba a todo ello y arriesgaba la vida en causas altamente peligrosas, por remotos países del mundo. Me costaba asimilarlo y gozaba sintiendo que, de alguna forma, compartía esas vivencias.

Me preguntaba cómo siendo tan dispares llegó nuestra relación a cuajar y se mantuvo fuerte y dichosa. Una pareja donde se aunaban voluntades tan opuestas. Pues si bien es cierto que me encantaba escucharla, recorrer sus mundos guiado del suave aroma de su aliento y buscar el contacto de sus labios mientras las últimas palabras se iban apagando entre mi lengua ávida de la suya, también es cierto que cuando intentaba guiarla hacia el oscuro mundo de los impuestos, los balances y la gestión de empresas, un bostezo involuntario iluminaba su sonrisa de niña inocente. No es que se fuera a dormir con mis aburridas historias de bancarios, pero sí sentía cómo iba ausentándose poco a poco y comenzaba a preparar mentalmente su próximo proyecto. Eran tan distintas nuestras vidas que ya muchos auguraron una corta relación. Sin embargo, lo que no sabía nadie es que no solo teníamos carne, sino deseo también...

Entre los miembros varones de la Organización, que conocí en aquellas galas hechas para recaudar fondos, me fijé que los había realmente atractivos, de todas las edades y las complexiones físicas. Inteligentes y útiles, encantadores y sosos, laboriosos y atrevidos, etc., una mezcolanza arbitraria de todas las características humanas posibles. Sentí celos de casi todos ellos al pensar que acompañaban a Lucía en esas largas y peligrosas

57

misiones, donde una noche tras otra el frío todo lo inunda. La presión del miedo, la lejanía y la soledad, une más a las personas, porque comparten las mismas ilusiones, las mismas esperanzas, las mismas miserias, las mismas inquietudes. Sé, porque ella me lo contó, que numerosas relaciones en el grupo que luego habían culminado en sólidas parejas, empezaron en momentos extremos. También sé que por su parte, no fue ajena a ciertas pasiones, lo deduje de lo que me contaba con total naturalidad cuando nuestra relación comenzó a tomar forma de algo serio, sería injusto pedir explicaciones sobre algo que pasó cuando aún yo no existía en su vida. También por mi parte hubo otras relaciones anteriores, esporádicas o de cierta estabilidad. Pero no pude evitar que un cierto quebranto de celos me inquietase al verla actuar en cada una de esas galas donde adquiría un gran protagonismo personal, tan unida a los que eran sus compañeros y compañeras de fatigas, con los que tal vez hubiera compartido algo más que gloria y risas.

Recuerdo especialmente a Ramón, que era como el hermano mayor, confesaba Lucía, con el que atesoraba incontables momentos y secretos, lo decía tan tranquila aún delante de Maribel, su mujer, que nos miraba tiernamente a todos. Me sentía raro, pues no podía evitar sentir celos, aunque intentara ocultarlo, Lucía lo notaba, se venía hacia mí y me cogía fuerte del brazo "siente en el corazón la fuerza de quien te ama", me decía en un susurro. Maribel, la mujer de Ramón y con la que tiene cuatro hijos, también me miraba comprensiva y sonreía. Supongo que ella ya había pasado la etapa de los celos o que por ser mujer comprendía mejor la verdadera naturaleza de su marido. Ramón era y seguirá siendo, un ser inquieto, como un niño, juguetón y risueño, pero tan infantil que carece de maldad y es lo más generoso que he conocido, incapaz de hacer ningún mal. Conoció

58

a Maribel en la ONG, se liaron y se casaron, cuando llegaron los niños decidieron que alguno de los dos debía renunciar a salidas tan peligrosas, fue ella la que se impuso, él hubiera enloquecido sin esos peligrosos viajes.

También guardo celos contra Juan Luis, contra Rafael, contra Javier, contra Miguel... ¡Miguel! Pero aparte de eso, es algo obsesivo en mí, pues llegué a sentir celos hasta de su relación con Bea y Julia, con las que Lucía guardaba infinidad de secretos y mantenía conversaciones que se desvanecían en silencios cuando me aproximaba al grupo que formaban las tres. Y sin embargo, ahora se han convertido también en unas grandes amigas mías. En la Organización había muchas más personas, pero estas eran las más cercanas, junto con don Anselmo. Para Lucía todo era natural, los besos, los abrazos, las continuas muestras de cariño, las palabras tiernas, pero en mi aburrido día a día del Banco, los rumores, comentarios y malentendidos de todo tipo se originan por mucho menos de todo eso. Hay una leyenda negra instalada en todos los despachos y oficinas, que habla de roces entre unos y otras, de cuartos de fotocopia con una historia propia de sudores en tecnicolor, de ruidos de tacones que van y vienen por un pasillo, tras de los cuales no se debe caminar, de complicidades silenciosas, de reuniones que no acaban donde se dice, que se prolongan en la madrugada. Es un mundo vano, donde muchas veces la apariencia cuenta más que los sentimientos y de éstos, los pocos que nacen, se confunden y renombran como sospechas de pasiones ocultas, es la propia banalidad del corazón de los habitantes de este submundo, el que crea "los cotilleos" que circulan por el Banco, el aburrimiento, la escasa perspectiva. Es suficiente con una pequeña relación de amistad, para que ya se organicen apuestas y correveidiles. El morbo lo inunda todo. A

59

pesar de lo cual, a veces se crea una pareja que llega a consolidarse felizmente.

Pero en la Organización los sentimientos son parte del trabajo diario, un abrazo sólo significa cariño y no deseo sexual. Una confesión es abrir el corazón a la amistad y no una invitación a acostarse. Todos lo entienden, lo aceptan y lo disfrutan. En el Banco no. Allí somos más superficiales, más fríos, por eso nuestras vidas eran tan opuestas, por eso me quedé a su lado.

MI UNICORNIO AZUL...

El primo Eusebio sigue siendo el mismo personaje divertido, con algo menos de niño travieso, pero con más de adolescente fiestero, dinámico, incansable. Desde que éramos pequeños, todo el mundo conocía a Eusebio el de la parroquia de San Servando y San Saturio, ya podía ir de aldea en aldea que nunca se perdía. Le llamaban Bito, en un alarde de apócope desde Eusebito. El terror de huertos y sembrados, arrancaba lo que le apetecía de los árboles frutales y se lo comía, muchas veces sin acabar de madurar, entonces lo tiraba al suelo y el paisano lo perseguía, no tanto por el robo, sino por el estropicio. Otros tantos vecinos acudieron quejosos a casa porque el dichoso niño les había levantado la verja del gallinero para comerse los huevos. Los cogía recién puestos y con la punta de una piedra o de un hierro, les hacía un agujero en la zona más cóncava y se los sorbía, lo peor era que no ponía cuidado, no cerraba la cancela y se escapaban las gallinas. Y cuando robaba las manzanas de hacer la sidra, siempre escogía las más dulces y maduritas. No era por el hurto en sí de lo que se quejaban los paisanos, había tan buena cordialidad entre todos que estaba permitido a cualquiera que tuviese necesidad, que tomase lo que necesitara, era una ley de buena vecindad que venía desde los años malos. Lo que molestaba era que desgarraba algunas ramas al subirse al frutal, pues el Bito era grueso y demasiado grande para su edad. "¡Si es un crío!", decían sus progenitores, sí, lo era y muy ágil, pero pesaba como un zagal tres o cuatro años mayor que él.

Su padre, el tío Juan, era un tipo alto y escuálido, pelirrojo de largas barbas, al que apenas se le entendía al

61

hablar. Llegó allí por casualidad, abandonado tal vez por un barco en la cercana costa, y se quedó a vivir prendado de las generosas carnes de Esperanza, de cuyos amores nació el Bito. Le llamaban Juan porque él se presentó como "Hans" y el cura al casarlos dijo que había que "cristianizar el nombre". Juan asumía con rostro serio todas las culpas del zagal, al que luego daba sus buenos pescozones. A veces para castigarlo, le obligaba a embarcarse como grumete con un hermano de la Esperanza, pescador solitario, y durante toda la noche echaba las redes y recogía el pescado; a veces, lo obligaba a ir a la escuela a la vuelta de esa faena, tan cansado estaba el pobrecito, que llegaba dando traspiés hasta la puerta de la casa del maestro y se quedaba dormido en el pupitre. Pero en cuanto el Bito daba muestras de agotamiento y por fin prometía no hacer más diabluras, su madre le abrazaba y luego convencía al pelirrojo para levantarle el castigo. Entonces el Bito se volvía bueno y no hacía ninguna de sus chiquilladas durante una temporada, hasta que se le olvidaba el castigo y regresaba a las andadas, al principio con cuidado, luego atropelladamente, como siempre. Y la historia volvía a repetirse.

Allí está, sonriendo como siempre, infinito en su alegría, el gen de gallega mezclado con irlandés ha dado como fruto un tipo muy original. Le conduce hasta un todo terreno impecablemente limpio.

- ¡Caramba, primo!, parece que hubieras traído la cabeza asomada a la ventanilla

- ¿Por qué lo dices?

- Estas más blanco que la nieve. ¿Has pasado miedo, acaso?

Jaime sube al coche sin responder y al Bito parece que no le importa y comienza a hablar como una cotorra. Se dirigen a la aldea donde han vivido de pequeños, sólo quedan algunos viejos, entre ellos los padres y tíos que le esperan ansiosos. Eusebio tampoco vive ya allí, como él mismo hizo en su día, el primo dejó la aldea y su aburrido destino cuidando vacas, sembrando cereales y trasteando huertos, para ir a buscar un oficio o una profesión nueva, lo encontró muy cerca, en la comarcal, de policía municipal, "¡nada mejor que precisamente tu de autoridad!, ¿quién va a poner orden, ahora?", dijo su padre.

- Esto está chupao, primo, ¡si aquí nunca ocurre nada! Un borracho que hay que acogotar y llevar al calabozo, un raterillo del barrio que todos conocemos que le coge prestada la cartera a un turista, ... ¿qué va a pasar aquí? Esto es lo más seguro de España. Si nuestras playas fueran como las de Andalucía o Levante de extensas y hermosas, con su sol y su arena, seríamos el mismo paraíso. ¡Hasta el cura lo dice!

Y sigue contándole, en un intento por ponerle al día sobre los acontecimientos ocurridos, sobre los viejos amigos y sobre su actual vida. Hace años que Jaime no para por allí más de dos días seguidos. Antes no. Antes, generalmente estaba unos días en verano y luego, si podía escaparse del trabajo, en Navidad alguno más. La última vez fue para presentar a Lucía, la relación se consolidaba y hacían planes para el futuro. Fue sólo un fin de semana, pero Jaime disfrutó enseñándole su mundo infantil, el de los recuerdos más tiernos, el de la primera juventud, el de sus glorias y

63

sus sueños, pero todo fue demasiado deprisa y acabó en una rápida huida. Lucía era mujer de recorrer senderos o explorar montes, de vivir aventuras y viajar, pero a pesar de ello, cuando no estaba de ruta, prefería el cálido mundo urbano, donde entre humos, ruidos y montones de gentes anónimas, preparaba sus viajes. Supo agradar a todo el mundo, especialmente encandiló al primo Bito, aunque su juicio carece de valor, pues a él, literalmente, "le gustan todas", dice su padre riéndose.

- Ya verás a que sitios te voy a llevar, primo. ¡Qué niñas!, no te creas que sólo en Madrid las hay, que por aquí se han despabilado mucho y si te descuidas, alguna te viola, sobre todo a ti, que eres "ganao" nuevo.

Lucía siempre ofrecía una imagen contradictoria, opuesta a la persona que en realidad era. En el tiempo que estuvieron conociéndose, dedujo que era una mujer muy compleja. No una mujer que odia o ama simplemente, o que espera una dádiva inconcreta según la ocasión. No. Nunca pedía nada porque a todo aspiraba, a todo tenía derecho en su concepción del mundo y todo lo hacía suyo por una especie de ósmosis. La acompañaba una especie de derecho natural por el cual todas las cosas le pertenecían, por eso no las reclamaba, eran suyas y por tanto debía recibirlas sin más. Sin hablar, sin mirar siquiera, siempre esperaba una respuesta inmediata y concluyente. Cada vez que amaba, esperaba ser correspondida como si fuera la primera vez; cuando odiaba, sin embargo, era parca en su rencor, como si esa fuera la única vez. Se entregaba sin mesura y esperaba el doble, aunque nada pedía, pero con los ojos leía la profundidad de los corazones que tenía delante. Solía medir a las personas con la mirada, su conclusión no era irrefutable, pero sí inequívocamente

64

certera. Su problema en las relaciones amorosas que mantuvo anteriormente era precisamente su complejidad, y eso es muy difícil de admitir si no es cargándose de sentimientos, más de lo que ella misma incluso quisiera que la amaran. Lucía en su trabajo daba una imagen enlatada, etiquetada, encasillada en determinados roles de mujer independiente, en otros tiempos debería haber sido monja o amargada solterona. Como cualquier otra persona, tenía sus vacilaciones y hasta sus propias contradicciones que le causaban verdaderos quebraderos de cabeza. A pesar de ellos, siempre se mostraba segura y coherente sobre lo que quería hacer.

Una vez pasados los primeros días, visitar parientes y conocidos, dar explicaciones y esquivar al primo Eusebio cuanto puede, Jaime se dedica a lo que realmente le ha traído hasta la vieja aldea, encerrarse consigo mismo, buscar una explicación que tal vez no exista, para todo lo que ha pasado y tratar de olvidar. Jaime va en busca del mar, pensando que tal vez, entre la brillante espuma que crea el oleaje al arribar contra las rocas, el azul intenso de la verdad le salpique y consiga desenvarar el recuerdo de Lucía, un baño con el salitre del océano, el gran purificador que siempre se cobra su tributo. Jaime quiere ser testigo una vez más, de la eterna lucha fratricida que se desata entre los mares de las costas gallega y cántabra, frente a sus altos acantilados, despejados de barcos, prevenidos por faros que el hombre inventó, para defenderse de enemigos primero y para protegerse a sí mismo después. Frente al rugido de la batalla sentado en la fresca roca, le llega por la espalda el ulular del viento al pasar a través de las ramas del pinar, los montes generosamente verdes que se arriman en el horizonte hasta el extremo de las olas y compiten con el estruendo del oleaje, como ejércitos a la espera de la batalla. Ese estruendo que incomprensiblemente se convierte en silencio a través de su propia monotonía, según pasa el tiempo, como todo lo que se repite mecánicamente, que se cuela en la cabeza de los pueblos y les obsequia con el beneficio de no dejarles pensar, hipnotizados con el vaivén continuo del mar, ... la mar. El viento, el aroma a pino y a eucalipto. Ese estruendo frente a esos montes generosos y abruptos de naturaleza, que presumen de albergar árboles milenarios, donde las gentes de todos los tiempos han ido a colgar sus recuerdos más tristes, sus pensamientos más sombríos, sus penas más insufribles, con la ilusión de dejarlos allí olvidados, con el deseo de que se queden por siempre jamás, en la confianza de que los trasgos, los gnomos y los habitantes secretos del bosque, les ayuden a acabar con su maldición, acunados por el rugir de la marea al fondo, arrastrados por el crujido del viento, pudriéndose bajo la constante lluvia.

Para eso está allí Jaime, para eso ha vuelto a casa, a su casa, a contar las horas que pasó intentando comprender cuánto llegó a amar a Lucía. Nunca exigió nada. Se dejaba amar hasta el último rincón de la piel. De alguna forma la entendía y sabía cuando estaba saciada de su amor y se retiraba, pero nunca supo con certeza si era ese el mejor momento o no, porque era compleja, muy compleja. Le dio todo su tiempo, todo su amor y aún más, el que había negado a otras mujeres que la precedieron, el que retiró a amigos y familia. Todo lo juntó para ella. Aunque en verdad nunca le pidió tanto más o tanto menos, el amor que le daba era más de lo que pedía, pero a pesar de eso, nunca supo si era suficiente, se preguntaba si no querría

66

tanto como le daba. A cambio, Jaime recibía todo el amor que le quisiera dar, sin llegar a saciarse jamás, porque le daba el que ella quería darle y él sentía que era mucho, aunque hubiera sido capaz de recibir aún más. Era una pequeña lucha, un toma y daca constante, como uno de esos dibujos sin fin que desafían la lógica, "te doy más de lo que recibo, porque si en la balanza el peso de mi amor no es mayor que el tuyo, me voy a sentir mal". Ese amor que le daba, se reproducía consigo mismo en progresión geométrica, mientras Lucía racionaba el suyo, se lo entregaba con una vara de medir invisible e implacable, notaba que no lo hacía con la soltura suficiente, tal vez temerosamente retraída por pasadas experiencias. Jamás se quejó, intentaba comprender y aceptarlo como si hubiera sido lo máximo posible hasta ese momento, confiando que el manantial no se agotara nunca y cada vez manara más. Con el tiempo, con la confianza. Y así fue.

El mar se rompe con estrépito a los pies del acantilado. Desde su cima pizarrosa moteada de húmedo musgo, se otea el faro, el bosque y un esbozo de luna asomándose tras una nube a la espalda, en la lejanía se confunde el fin del cielo con el mismísimo trazo azul del mar, formando el horizonte, donde pequeños puntitos blancos confirman la existencia de más seres humanos inmersos en el anochecer que se viene encima. Son barcas de pescadores en el inicio de su faena diaria, iluminados por faros muy potentes que intentan atraer las presas hacia su luz. Tal vez mientras trabajan, sueñan con volver pronto a los cálidos brazos de su hembra, a la que no le repele el fuerte olor a pescado que destila su piel de marinero. Mujeres que reposan su inquietud y sus miedos tras los cristales de las ventanas, puntos de luz que también se distinguen tierra adentro desde el mar, tal vez despiertas, tal vez ansiosas, esperando el regreso de su hombre, que les hará el amor con la fuerza del Cantábrico, al que han sobrevivido otro día más. Y la mente se aleja y deambula por los alrededores del bosque, colgando por las ramas sueltas pequeñas prendas cargadas de recuerdos, espinas y dagas que viven clavadas, horadando la carne, hasta atravesar el alma, que salen lentamente y abandonan el cuerpo dejando la pena más grande, la pena negra, como un Lorca sangrante, amarrada al alma, "¡no la dejes ir!, que ni ella se quiere marchar", resuena una voz en la cabeza de Jaime "ese recuerdo es mío y de nadie más". Nadie se la arrebatará, ni siquiera el rompiente oleaje sobre los acantilados.

- Cuando el viento deje de soplar, será porque todos los males han desparecido – le dijo su abuelo un día.

Los mismos acantilados que le llaman extendiendo sus fatales brazos y le tientan como si fueran imán fabricado con la peor escoria, le atraen con sus oscuros ojos pero no consiguen abrazarlo, "jamás me atraparán" se dice a sí mismo. Y aunque lo consiguieran por un error o un maldito traspiés, saldría flotando en cualquier isla o en cualquier playa desde Tuy hasta Irún. "¡Jamás moriré en el mar!, Lucía no lo hubiera querido" concluye. Para jugarse la vida ya estaba ella, cosmopolita que sin embargo se enrolaba en las misiones más cruentas, para llegar a los lugares más recónditos donde la conciencia la obligaba a estar, con total desprecio de cualquier consideración hacia la propia vida y sus comodidades, mientras él, caminante sin rumbo, se refugiaba bajo un techo sin goteras y una estufa caliente a esperar, preparando los avíos del regreso con el mayor amor.

68

Jaime pasa las semanas en la casa de sus padres. Son días de retorno a los orígenes, a donde todos nos sentimos más seguros, igual que cuando tenemos miedo o frío, instintivamente adoptamos la posición fetal, porque en lo más oculto de nuestra mente reconocemos la calma de la vida intrauterina. Son días de evocar paseos, palabras sueltas, deshilachados jirones escondidos en el fondo de la memoria. Son días de atar cabos, refugiado tras la soledad del ruido del mar, tras el viento insoportable de los acantilados. Días de paseos a la luz del Sol y a la oscuridad de la Luna, días de unir y mezclar por ver qué sale del experimento, días de lágrimas ocultas, disimuladas entre la lluvia que por estos lares siempre acompaña las campiñas. Tierras que ya conocían de las penas de Jaime, que siempre acogieron sus retiros, sus soledades, sus pequeñas huidas más íntimas. Donde lamerse las heridas, profundas y dolorosas que el último amor frustrado, otro más, siempre dejan.

Jaime vuelve a transitar por los senderos que de niño corrió antes de irse en busca de fortuna a un lejano Madrid. Aquí están los tíos, los primos, los colegas y una niña de rosados mofletes y trenza rubia que fue el primer amor sin besos, que se diluyó entre las manos de un cartero que se hartó de hacer viajes con pequeñas ilusiones escritas en el papel cuadriculado arrancado de los cuadernos de clase. El mismo cartero, ya vencido por los años, que ahora ve pasar de lejos por el sendero "de las vacas", camino de la aldea nueva, con alguna carta para un anciano matrimonio que traerá la ilusión y el recuerdo de los hijos que se fueron en busca de una mejor vida, porque el criar ganado dejó de ser negocio hace mucho y, además, es sucio y cansado, y la agricultura solo da para ir tirando. Tal vez a la carta

69

acompaña la foto del último nieto, que no conocen porque no pueden ir a verlo, es más que imposible, es caro y además, con su edad, no les resulta fácil moverse; quizá al verano vengan los hijos y los nietos unos días de vacaciones y puedan conocerlos, pero eso de cruzar el Atlántico es muy difícil para ellos. Si fuera el pequeño, ese sí, ese viene de vez en cuando, aunque está a bastantes quilómetros de allí, pero es distinto, no hay mar que surcar, ese cogió otros tiempos y pudo estudiar y emigrar más cerca.

La lluvia lo inunda todo y limpia los malos recuerdos, que se van por el arroyuelo abajo, en busca del abrupto mar. Salvo los de Jaime. Esos no, esos se quedan con él. Sólo se retiran a descansar cuando el primo Eusebio insiste tanto que al final, por no oírle más, se lo lleva a la cantina y le entretiene entre el espeso humo del tabaco, entre la charla monótona de las gentes que aún se sientan sobre el primer escalón de la puerta de la taberna y beben el aguardiente rancio que ayuda a quitar el frío y la humedad. Ellos no conocen lo que es la pirámide de la felicidad, ni la campana de Gaüs, ni falta que les hace. La pirámide te propone subir en la sociedad con la falsa promesa de que más arriba serás más feliz, pero más arriba sólo hay más escaleras y un nuevo espejismo que perseguir en la planta superior, así sucesivamente, y la campana toca a rebato y divide a la gente entre buenos y malos con un solo sentido, el estadístico. Son cosas de la profesión de Jaime que nadie en la aldea conoce.

Un día vuelve a ver a la niña de la coleta rubia, pero ya no es una niña de mofletes colorados, si no una vaquera de figura grande que maneja con tanta soltura los aperos como el ordenador con el que controla la modélica explotación de lecheras. Le enseña cómo funciona y cómo es ahora una granja moderna; siente que no tiene nada que hacer allí, que el tiempo pasa implacable para todos, también ha pasado para ellos dos, sólo queda el recuerdo de dos niños que jugaban en el barro de los caminos, que un día se cogieron de la mano y por eso ya se sintieron novios. Luego, vuelve a visitar la escuela de esa infancia lejana, los campos, los senderos que recorrían persiguiéndose la pandilla de zagalones. Es un retorno de todos los sentidos. Es una búsqueda de sí mismo, un recorrer lo más oculto de la mente para sobreponer los recuerdos más lejanos a los más cercanos, cubriéndolos y ocultándolos, los más puros por ser de niños, sobre los más adultos, igual que se hace con la ropa que se remete y se redobla al hacer la cama. Sin pretender borrar a Lucía, en absoluto, el amor es el mismo desde el primer día, cuando, como un detective, fue atando cabos y llegó a una contundente conclusión, "me he enamorado, no hay duda". No fue fácil aceptar que esa amiga especial se había convertido en la única realidad cierta, que ese deseo constante por compartir ideas, sueños, no era inocencia o casualidad. Que esos labios que hablaban, que decían cosas interesantes, eran los mismos labios que cada noche soñaba con besar. Que ese aroma que inundaba su nariz aun cuando no la tenía cerca, era su perfume. Y que esa cintura que se acercaba contoneándose sin pretenderlo, era la que deseaba tener entre sus manos.

No quiere borrarla, ¿cómo y a quién decirlo si ella ya no puede escucharlo?, pero sí quiere arrojar al vacío los malos recuerdos, las tristes evidencias que un día fueron cayendo como losas. Ahondando en el recuerdo, era consciente de las soledades de Lucía, de sus abandonos,

71

del esfuerzo que hacía por romper la rutina para luego regresar renovada, sincera, doliente pero plácida. Nunca pidió explicaciones. Pero ahora, con el paso del tiempo y después de su marcha, comprende que no fue una huida como las demás. Los recuerdos sueltos, como hojas caídas en un otoño involuntario, se agolpan unas contra otras y entre todas configuran la sombra de lo que fue el arbusto del cual provenían, como hermanas gemelas, dándose la mano. De su visión abstracta extrae conclusiones que no quiere obtener, pero que no puede obviar. Tal vez sirva para paliar el dolor, no para olvidarla, sí para reponer los tejidos rotos por la onda expansiva. Todo conocimiento es una explosión cuando llega de repente. Tal vez, como deformación profesional, creyó que lo que no es posible contabilizar no existe. Su trabajo, que no le induce a ver más que realidades, le impide apreciar lo que el corazón va anotando en el silencio y el cerebro se niega a comprender, y que ahora está saliendo como un volcán en erupción, lenta pero constantemente, sin que lo pueda evitar. Algo hubo en Lucía la última vez que se marchó que rompía con las costumbres de las otras veces, pero no lo vio, sólo lo intuyó.

Soñarse amigo y despertarse amante, para no saber si se es lo uno o lo otro cuando se aspira a ambos, eso es lo que más duele, más aún que el amor despreciado, despechado, no correspondido, o ... traicionado. Las lágrimas, inútiles casi siempre, deberían llevarse al mar los oscuros gusanos que horadan el bello recuerdo, queriendo trastocarlo en un sentimiento de odio. Asomado al acantilado, arroja las cenizas de la pena que está incinerando en un duelo siniestro, las lágrimas vuelan como gaviotas, rozando la costa ... dentro ... fuera ... dentro ... fuera ... sin decidir a qué lado quedarse.

72

Eusebio le ha citado para llevárselo a una de sus salidas nocturnas cuando acabe la jornada, le ha prometido presentarle a unas "guapiñas" que le van a animar y le harán ver la vida de otro color. Jaime decide entretener la espera recorriendo el Paseo de San Antonio, solitario a aquellas horas de la tarde, pues el día ya apunta el fin de ciclo y es entre semana de un mes poco vacacional. Quiere contemplar el mar desde su altura. Llenarse de imágenes que luego regurgitar en Madrid, donde el agua sólo llegaba por los grifos, adormilado en la soledad de su piso.

- ¡Joder, primo!, han venido unas modelos a los Cubos para hacer un reportaje fotográfico y no veas cómo están. Se ha puesto aquello de gente que no cabe un alfiler, está todo el pueblo revolucionado. Me toca patrullar, estaremos por allí, claro. No veas que tías ¿te vienes?

- No Bito, prefiero darme una vueltecita por ahí y recordar viejos tiempos. Luego te veo – responde. Tal como le ha dicho, la gente se concentra para ver el trabajo de modelos, fotógrafos y un aluvión de ayudantes, por eso está tan vacío el Paseo. No le apetece salir de copas, pero no hay forma de negarse a la insistencia del primo, y en casa también le insisten en que salga a distraerse, "no tienes que hacer más que divertirte, hombre", dijo el padre, la madre le mira contagiada de su pena. Así, más porque le vean salir que por ganas propias, accede a la propuesta de Eusebio, "puede que al final me alegre" se dice para animarse.

El Paseo comienza a llenarse de entretenidos que buscan el último reflejo del sol en el horizonte lejano, en el reflejo del mar que desde su altura se ve. El bullicio que hasta hace un rato subía desde "los cubos", ya se ha callado, la sesión fotográfica y con ella la visión de las modelos, ya ha concluido, las gentes vuelven a sus costumbres comentando el notición del día, que lo iba a ser para una larga temporada a buen seguro. Al primo aún le queda una hora larga para acabar el turno, suficiente para despejar la mente y prepararla para una noche de copas. Jaime reflexiona que sería muy difícil encontrarse con alguien conocido por allí, se refiere a las amistades de Madrid, pero no sabe porqué le viene ese pensamiento ahora. En uno de los bancos, descubre una cabellera ondulada, rubia y con reflejos de castaño que le resultaba familiar, pero no precisa quien es. Hasta que se acuerda de repente.

- ¡Hola! – dice, sorprendiendo a quien en esos momentos está acariciándose suavemente unos pies delgados de largos dedos, la cabeza agachada.

- Hola, … - apenas le mira, está acostumbrada a que los hombres se le acerquen, pero algo le llama la atención - ¿nos conocemos?

- Soy Jaime, nos presentó tu amigo JJ en el avión, ¿te acuerdas?

- ¡Ah, sí! Tu eres el amigo tímido de JJ – lo de tímido le suena un poco a guasa, a fin de cuentas le excluyeron expresamente de su conversación, ¿cómo iba a comportarse?, y además, prácticamente ni le había dedicado el más elemental de los saludos - ¿Tú eres su asesor de finanzas, no?, algo así me contó. Pero como no te puedes fiar de él, no me extrañaría que fueras su jardinero.

- Ni una cosa ni otra, Patricia ¿ese era tu nombre, verdad? – utiliza un calculado tono de frialdad que no le pasa inadvertido a la muchacha.

74

- Sí, ese es, me alegro que lo recuerdes.

- Conocí al tal JJ unos minutos antes que a ti. Mi profesión si es la de asesor, efectivamente, inversiones y todo eso, pero del tal JJ no sé más de lo que ya te he contado ...

- No me extraña, es muy típico suyo, ¡le encanta pavonearse! – Y se quedan en silencio por un instante, Jaime no sabe si irse o quedarse, ¿cómo interpretar el silencio de Patricia? Seguro que está harta de los buitres que se la acercan intentando ligar, sin embargo, aunque no sabe siquiera si tiene ganas de charlar, se siente obligado a hacerlo con aquella desconocida.

- Creo recordar que dijiste que venías a trabajar.

- Sí, así es, ¿no te has enterado?, - mira ahora sí, sorprendida - ¿ni me has visto, o es que no me has reconocido? – y lanza una breve carcajada silenciosa - ¡no me vayas a decir que tú eres el único hombre de toda la comarca que no ha estado hoy en los Cubos mirándonos las tetas! – "¿Para qué, si ya las conozco?", piensa acordándose del Play Boy que guarda en su equipaje.

- Sabía que había un grupo de modelos haciendo una promoción, fotos y todo eso, pero la verdad, en esos momentos preferí aprovechar la soledad del Paseo para disfrutarlo. Tengo demasiadas cosas ... – Patricia levanta la cabeza con una medio sonrisa insinuadamente simpática.

- Ya no quedan hombres así, salvo que ...

- ¿Qué?

- ¡Pues que no seas un hombre!

75

- ¡Oh, no, no! – se apresura a responder – No se trata de eso. Son otras cosas que la vida te va arrojando con desprecio y que causan mucho dolor y es necesario soltarlas, como lastre, antes de volver a volar.

- ¡Qué poético eso que dices! – se vuelve a hacer el silencio, pero esta vez lo rompe Patricia - Creo que sé a lo que te refieres. En fin, tú venías de vacaciones, creo recordar que dijo el sinvergüenza de JJ, - Jaime no entiende bien por qué lo trata con ese aparente desprecio cuando en el avión se habían comportado como dos grandes amigos, quizá algo más íntimos, o quizá ese era el problema - Pero ¿por qué no te sientas?, me va a dar tortícolis de mirar para arriba y no sabes lo incómodo que es un dolor de cuello cuando tienes que posar.

- Gracias. Sí, eso dije, vine de vacaciones.

- Pero hay algo más, claro.

- Si. Soy de una aldea cercana …

- ¡Ah!, ¿tú eres de aquí?

- Sí, ya ves. He venido para descansar un poco y ver a la familia.

- Reencontrarse con las raíces, buscar el abrigo de la casa y el calor maternal … conozco la sensación.

- Hum. Eso es.

- Olvidar algo …

- Últimamente las cosas no me han ido muy bien, ya sabes.

- Sí, lo sé. A mí a veces también me pasa.

76

Jaime no sigue, se queda callado. Duda si continuar por si la está importunando, sin embargo, algo le impulsa a hablar con esa muchacha tan distinta a él, no sabría decir por qué. Puede que al tratarse de una desconocida, se le aparezca como libre de cualquier prejuicio, inmaculada de cualquier influencia. Ha escuchado que hay hombres que contratan una prostituta a veces, sólo para poder hablar libremente con ella. Es triste no encontrar a quién entregar los pensamientos más íntimos. Por una inducida y maliciosa asociación de ideas, se acuerda de cual es la profesión de Patricia, de la que, por cierto, desconoce todo, tan cargada de estereotipos, la presupone acompañada siempre de un novio muy celoso y muy cachas o de un grupito de personas de su ambiente, con las que se va a correr una juerga tras otra cada noche, una especie de reina de las discotecas. Es una percepción un poco peliculera y simplista, pero se reconoce un completo ignorante de las peculiaridades del oficio y ve en ésta, una inmejorable ocasión de oír la verdad de primera mano. Las únicas referencias que suelen llegarnos es a través del mundo rosa, más en una chica que ha sido Play Girl, están como imbuidas de un áurea muy limitada, sin embargo Patricia da una impresión de absoluta normalidad, por su aspecto, por su forma de expresarse, "¿o qué esperaba?", se pregunta.

Jaime aprendió de Lucía que nunca se deben colgar etiquetas, es simplificar demasiado, es como convertir a las personas en muñecos que clasificamos por compartimentos o códigos postales, cuando en realidad, somos un conflicto entre miles de circunstancias, ideas e influencias que nos hacen ser distintos pero iguales al mismo tiempo. Cuando alguien es capaz de tomar solo una parte de sí mismo como la única, excluyendo las demás e idealizándola, es cuando aparece el fanático, ya sea religioso, político, racial, o incluso deportivo, que es el más sin sentido de todos, un ser que ha perdido parte de su humanidad que le definía como tal y que le diferenciaba del animal, cuya única guía, a diferencia del ser racional, es el instinto.

- ¡Oye!, entonces tú sabrás dónde se puede tomar algo por ahí sin que te molesten los catetos de turno, ¿no? ¿Tienes coche? – propone Patricia arrebatándole de sus pensamientos.

- Si claro. Por la carretera hay ...

- Perdona, tal vez te esté dando una impresión errónea.

- No, mujer, es que ...

- O abusando de ti. Seguro que tienes cosas que hacer.

- ¡Oh no, en absoluto! – miente, aunque inconscientemente, pues ya no recuerda su cita con el primo Eusebio - Mira, hay un restaurante que cierra tarde y que estos días no está demasiado concurrido. Seguro que allí podemos comer algo y tomar una buena copa después.

- Seguro. Así me cuentas algo de eso que te corroe la cabecita. Si quieres, claro.

- Bueno, no sé. No te prometo nada.

- Tengo ganas de un poco de tranquilidad y de una amena charla, estoy cansada del ruido y la banalidad del día.

- Es perfecto entonces, no está muy lejos por la carretera, pero sí lo suficiente como para que no nos encontremos con barullos, ni fiestas. A mí tampoco me apetece el ruido.

- ¡Hecho! Pero invito yo, que la idea ha sido mía.

- No soy machista, no te preocupes, acepto encantado, aunque la copa la pagaré yo, para que no me consideres un aprovechado, ¿vale? – asiente y se dispone a salir caminando cuando se le ocurre una duda – Supongo que tendrás que avisar o querrás cambiarte, ¿quieres que te espere en algún sitio?

- Oh no!, no es necesario, nadie me espera. Y me iré así, ¿me admitirán así de informal en ese restaurante?

- Claro que sí, ... ¡vas muy mona! – es cierto, Patricia viste una falda vaquera y unas sandalias de esas que tienen una cinta muy larga que se enrolla en la pierna, como la de los gladiadores romanos, lleva una camiseta de manga corta y una cazadora también vaquera que descansa sobre el banco a su lado, supuestamente para espantar el fresco del anochecer, por lo que deduce que pretendía quedarse paseando hasta tarde. Lo mira y le sonríe mientras se recoge el pelo en dos coletas que asienta con unos preciosos lazos que se saca de los bolsillos. Es la viva imagen de un anuncio de chocolates suizos y así se lo dice.

- Gracias, es el mejor piropo que me han dicho hoy y te puedo asegurar que he tenido que escuchar de todo. – Y le lanza un guiño sobrevolando una inmensa sonrisa blanca que le deja sin respuesta. - ¿Sabes?, en mi profesión somos pura imagen, pero algunos nos toman únicamente como eso, sin embargo, dentro de cada chica hay un ser humano, que siente y padece. A veces sufre por que se da cuenta de esa consideración tan pobre que los hombres, por lo general, nos tienen. – Mira alternativamente al horizonte y a Jaime, como si quisiera certificar esas palabras mientras

79

caminan. – Tengo compañeras que no perdonan un buen libro por una salida nocturna, otras que estudian carreras, en fin, también las hay que aprovechan estos pocos años para intentar "colocarse" y resolver su vida. Es un mundo muy diverso, te encuentras de todo.

- Pero los promotores, los fotógrafos, todo el personal que se mueve alrededor vuestro ... ¡siempre os ha rodeado un cierto tufillo a libertinaje, fiestorro, desorden, ...!

- ¡Va, no te creas! Más de lo mismo. Hay quien es así y le da igual estar en esto que en otra cosa, pero hay también gente muy seria, muy profesional, con su familia y todo. Lo que pasa es que hay cierta prensa que saca partido de los escándalos y los promueve. Sí que es cierto que los largos viajes y la buena camaradería, a veces la soledad también, dan pie a que se creen unas amistades un poco más especiales, pero suelen ser relaciones con fecha de caducidad.

Eso le suena: la soledad, la camaradería, los viajes y las noches que se pasan bajo el temor, lejos de todo lo conocido, de todo lo amado, de todo lo seguro. Le suena ese discurso, aunque sean sensaciones ajenas a su experiencia, eso es lo que Lucía le había contado tantas veces. Ella misma le confesó, que en esos momentos, cuando surge la amenaza, la desesperanza, el miedo, buscas el calor de unos brazos conocidos, y únicamente tienes a tus compañeros y/o compañeras de aventura y no a la persona que desearías tener, pero la angustia es tal y confías tanto en ellos y ellas, que los necesitas y te acercas. Eso le ayudaba a comprender que no fuera tan raro que hubiera encuentros puntuales entre algunos de los miembros de las expediciones, Lucía lo corrobora, los

80

cuales se olvidaban a la vuelta, como entre auténticos camaradas, o quizá no, y seguían, pero ya en otro plan. Habían surgido numerosas parejas de esa forma, unas continuaban y otras no, como en cualquier otro ámbito de la vida.

- Así que puedo entrar y salir cuando quiera, eso sí, siempre al día siguiente debo estar fresca y disponible, por lo que debo cuidarme. Pero ¡has tenido suerte!, porque mañana nos marchamos. Ya hemos acabado aquí, así que tenemos permiso de papi promotor para disfrutar esta noche, a quien le apetezca claro. ¿Nos vamos? – Han llegado junto al coche que tiene prestado Jaime de su padre, es un modelo viejo y no tiene un buen aspecto, pero le permite moverse. Ahora le hubiese gustado tener el suyo, que ha dejado en Madrid. Abre las puertas, se sientan y arranca sin más.

Lo primero que ve cuando despierta deslumbrado por un rayo de sol que se cuela entre los visillos de la ventana, es el pelo rizado y rubio de Patricia que descansa sobre la almohada a su lado. Al aire brillante de la luz del día destaca su piel algo más morena que la blanca del cuerpo de Patricia, ambas desnudeces se mezclan, se siente raro. Por la puerta de la terraza de la habitación atisba el horizonte del mar y juega a oír el devenir de las olas sobre la playa entonces vacía, aunque tampoco sabría decir si en realidad era la respiración de Patricia lo que escucha en su ritmo acompasado. Piensa en levantarse, pero esta atrapado con el brazo derecho, hacerlo hubiera significado despertarla y el momento era demasiado idílico como para estropearlo por unas absurdas e inoportunas ganas de orinar. La muchacha se remueve y vuelve la cabeza hacia él, abre los ojos y al verle sonríe levemente, con esa somnolencia feliz de los niños pequeños.

81

- ¡Buenos días! – carraspea, le da un beso en el hombro, que es lo que la pilla más cerca. - ¿Qué tal has dormido?

- ¡Feliz! – dice instintivamente, pero al tiempo una alarma salta chisporreante por dentro, como una advertencia "¿feliz, he dicho?, ¿cómo feliz?".

Patricia se apoya sobre sus codos mientras se recoloca el revuelto cabello y yergue medio cuerpo en la cama, boca abajo, sin volverse, los pechos le quedan al aire, colgando, atrayendo la mirada de Jaime, que los repasa sin disimulo, volviendo a gozar con la vista de lo que ya ha saboreado.

- ¿Por qué no pides que nos suban un desayuno completo para dos mientras me ducho?

- ¿Para dos?, ¿no se van a extrañar?

- No creo, fíjate en la habitación, es doble. La promotora para la que trabajo siempre lo hace así, prefiere pagar algo más aunque no se utilice, pero se evita escándalos y sorpresas de última hora. Anda llama, porfi, que tengo un hambre lobuno – gesticula en tono coqueto de niña pija – Anoche desgastamos mucho ¿no crees? ... la cena se me bajó enseguida - sonríe pícara. Jaime piensa que las copas también hicieron su papel. No cree que sea para tanto su capacidad amatoria, más bien le pareció que Patricia quiso halagar el ego machista que le suponía, como a todos los hombres, basado tal vez en su propia experiencia, pero siempre es mejor una caricia que un bofetón. Su indudable atractivo la habría dado la oportunidad de aceptar y rechazar a su antojo cuantas proposiciones hubiera recibido. Por eso tenía el desparpajo suficiente como para añadir – a fin de cuentas ¡soy modelo!, ¿crees que a alguien le va a

82

sorprender que esté con un tío en la cama?, eso tú, que a partir de ahora serás el héroe del lugar en la partidas del Casino. – Se vuelve a reír.

- No es mi estilo.

- ¡Ya, ya!, eso dicen todos, bueno, algunos ni siquiera eso - Mientras la mira ir al baño sin poder apartar los ojos de su cuerpo desnudo, la compara con la otra Patricia del Play Boy, para concluir que a pesar de estar seguro de que las fotos tienen sus retoques, su cuerpo no desmerece en absoluto; sus músculos, sus redondeces, sus proporciones equilibradas, todo es propio, su aspecto es de lo más natural.

Desayunan en el balcón, ella en bikini, Jaime con una toalla enrollada a la cintura, disfrutando del calorcito del sol de la mañana y del aroma penetrante al salitre al amanecer. Alguna gaviota sobrevuela la costa, busca los barcos que regresan a puerto cargados de escoria y pescado. Hablan un buen rato de cosas banales, ya no caben las confesiones de la noche anterior. Entre una palabra y otra, Jaime intenta recordar cómo han acabado allí, juntos, en la cama, haciendo el amor, tranquilamente, más como dos grandes amantes que como dos viejos amigos solitarios pero apasionados. Ha sido algo que ha venido rodado, consecuencia lógica del momento. Patricia resulta ser una mujer muy interesante además de atractiva. Y Jaime estaba necesitando un momento de pasión, aunque nunca lo hubiera reconocido de esa forma. La ocasión surgió.

De vez en cuando, una punzadita invisible le da un toque siniestro en su interior, como recordándole quién es y

83

por qué ha huido unos días al Norte. ¿Dónde ha dejado el recuerdo de Lucía esa noche?, ¿acaso ya está superado?, ¿tan fácil ha sido olvidar a la que consideraba el gran amor de su vida, la pareja perfecta? ¡Qué fútil y vano se siente!, pero qué tranquilo y seguro. Patricia sigue hablando de sus cosas, mientras, intenta responder con cierta coherencia, sin dejar traslucir que dentro de sí se está librando otra batalla entre el hoy por la mañana y el ayer por la tarde. Patricia aparentemente, no nota nada y si lo hace, tiene la delicadeza de pasar silenciosamente sobre el tema, sensible por lo poco que se ha sincerado mientras cenaban.

Suena el teléfono y Jaime no puede evitar un leve sobresalto que le retrotrae a otro instante en el que también un aparato igual invadió un momento de similar comodidad, ¿es que el maldito invento se iba a convertir en su más cruel pesadilla? De Recepción avisan que el taxi de Patricia ya espera en la puerta para llevarla al aeropuerto. Vuelve a Madrid. El equipaje, escaso, lo transporta la promotora, sólo algunas cosas personales en un pequeño bolso de mano. Bajan al vestíbulo y la casualidad quiere que el primo Eusebio esté allí, de servicio claro, vestido con su enorme uniforme azul y exhibiendo una enorme bocaza abierta en cuanto los ve. No dice nada para suerte de Jaime que no se le ocurren excusas que poner por haberle dejado colgado el día anterior. Supone que le espera una buena bronca cuando estén a solas.

- Bueno, ya tienes mi teléfono – dice Patricia al llegar a la puerta – Si quieres me llamas cuando estés en Madrid y si coincide que esté por allí, tal vez podíamos quedar algún día, ¿te parece?

- Me parece, Patricia. – Sonríe mirando de reojillo hacia su primo, no se atreve a besarla, pero ella sí. Clavándole la profundidad de sus ojos azules, junta sus gruesos labios a los de Jaime, muy suavemente, mientras le toma de la barbilla con suavidad.

- Tal vez te pida que me asesores en mis asuntos financieros, no se me dan muy bien los números.

- Cuenta con ello, ... estoy disponible. – Y se queda asombrado de su juego de palabras que tal vez significan más de lo que dicen. - Profesionalmente, digo. – añade rápidamente como queriendo borrar la sensación que a él mismo le produce el comentario.

- ¡Profesionalmente, claro!

Patricia sonríe soltándole la barbilla pero dejando claro que ha entendido la doble intención. Gira sobre su cuerpo esbelto y se sube al taxi. Mientras éste se aleja calle arriba, Jaime siente que el primo Bito, que no ha pestañeado en todo el tiempo, se acerca por detrás y le posa una enorme mano sobre el hombro. Teme lo peor, le cree muy capaz de romper el encanto con una buena colleja, como cuando eran críos y se las colocaba hasta con saña y siempre le hacía llorar.

- ¡Joder con la gachí! – dice embelesado - ¡joder con el primo tonto! – añade volviéndose a mirarle con una enorme sonrisa. El peligro ha pasado.

85

NO ESCOJAS SOLO UNA PARTE ...

(sigue la historia de Jaime)

Tómame como me doy ...

El apartamento era pequeño: salón, dos habitaciones, cocina y baño con una breve entradita que servía de distribuidor a la casa, pero fue suficiente para albergar mis pertenencias junto a las de Lucía. Desde el primer momento nos organizamos muy bien, a mi me gustaba el orden, a ella, según decía, también, lo que pasa es que el concepto de orden en cada uno de nosotros tenía matices distintos. Revivo cada instante como si volviera a ocurrir.

Recuerdo cuando llegaba a casa y la descubría aporreando el ordenador, disparando con avaricia contra las teclas, obsesionada con cazar una idea que revolotea libre por la habitación. Levantaba la cabeza y me sonreía. Aprovechaba para colocarse un cabello suelto que hacía rato que le cosquilleaba sobre la frente, pero por no parar, no lo había apartado hasta ahora que, de alguna forma, la interrumpía con mi presencia. Se tomaba un segundo de respiro, me lanzaba un beso sin levantar los dedos del teclado, mientras seguía escribiendo. Eso significaba que estaba en forma, al cien por cien, disfrutando de la construcción de un nuevo castillo. Si tenía suerte y le había ido bien, me lo daría a leer luego, o al día siguiente. Lo deseaba, como deseaba sus besos y abrazarla con todas mis fuerzas en este mismo instante, según llegaba sediento de Lucía, pero debía contenerme, podía cortar la inspiración y espantar las musas. Debía respetar su intimidad. Así que cruzaba la habitación en silencio, amándola con la mirada.

87

En la cocina dormitaban los restos derrotados de una frugal comida. Sé lo que me tocaba hacer y lo hacía. Cuando acababa, me sentía satisfecho. Me acordaba de mi madre cuando por fin, acabado de "recoger" la cocina, se sentaba junto a todos a "ver la novela". A Lucía y a mí, la televisión nos aburría. Por eso no teníamos más que una en el salón que apenas se encendía. El apartamento es muy pequeño, ya lo he dicho, y el salón, que ahora contemplo absorto, lo ocupaba Lucía y su obra creativa, tanto por su trabajo como por su decoración particularmente diseñada. El dormitorio tiene lo justo para la cama y un armario curiosamente empotrado. En la otra habitación, entre maletas, libros, cosas sueltas y la bici, aún cabe menos, así que me quedaba como la cenicienta, en la cocina, apoyado y meditando o leyendo sobre la otra única mesa del apartamento, la de las frugales comidas, con la esperanza de que viniera a rescatarme pronto "mi Principita Azul".

La vez que me adueñé de esa cocina, fue a la mañana siguiente de la primera noche que pasamos juntos. Nos levantamos temprano porque era laborable y ambos teníamos que ir a trabajar, en mi caso además, pasar antes por mi casa a cambiarme, para ir al Banco. Con un gesto de ensoñación fugaz en la cara y una extraña luz asomando en los ojos, cansados pero felices, Lucía fue al baño y yo a la cocina. Preparé un reparador café negro, fuerte y cargado para que nos despertara. Lo serví en la mesa del salón acompañado de los restos traídos de la pastelería el día anterior; luego ella recogió las tazas y las llevó a la cocina, esperaba una pila llena con los cacharros de la merienda y de la escueta cena que nos permitimos entre pasión y deseo, pero se encontró con un montón de vasos, cubiertos y platos ordenados y puestos a secar. La cocina estaba recogida. Aún recuerdo su cara de sorpresa apareciendo desde la puerta del salón.

88

- *¡¡HAS FREGADO!! – dijo con tanta sorpresa como si se hubiera encontrado un cadáver en el suelo.*

- *¡Claro!, ¿qué querías que hiciera? - contesté con naturalidad y me encogí de hombros.*

A veces son esas pequeñas cosas las que determinan las consecuencias de nuestros actos, las que nos ayudan a decidirnos por un camino u otro. La vida es eso, elegir. Podemos equivocarnos o no, así ocurre a menudo, pero siempre debemos elegir. Cuando alguien quiere que un hecho suceda, debe intentar provocar la reacción que lo provoque. Conscientemente o por casualidad. Esta vez me ocurrió a mí, hice algo que yo no consideraba importante sino lógico, sin embargo, para Lucía fue algo sorprendente e inesperado. Una cosa tan simple como fregar los cacharros de la cena y recoger un poco la cocina fue lo que marcó la diferencia. Vivía solo y estaba acostumbrado a hacerlo. Bien mirado es una suerte, pero también una pena, porque sólo unas horas antes habíamos estado haciendo el amor y, sin embargo, eso no significó tanta sorpresa. Bueno, siempre que se lo comentaba se reía y me decía "¡qué tontos sois los hombres!" y luego añadía con un gesto picarón tan propio suyo, que fue por todo un poco, una suma de ambos acontecimientos "insólitos". Prefería creerla, sin más.

Se dice que las madres de antes decían a sus hijas que a un hombre se le ganaba por la barriga o por la cama. ¿Y a una mujer?, ¿cómo se la conquista?, los padres no nos hablan a los hijos de ello. La historia negra del machismo afirma que mediante la virilidad, la seguridad, las comodidades o los lujos, que el varón, por supuesto, debe conseguir para la mujer. Puede que así sea en algún caso, o lo haya sido en un tiempo pretérito, pero hoy la

89

mujer es totalmente independiente del hombre. Y autónoma. Creo que a la mayoría de las mujeres les gusta que las sorprendan gratamente, con esos pequeños detalles que a veces los hombres somos capaces de tener, incluso sin saber que los hacemos, impulsados quizá por un cierto sentido oculto, una sensibilidad dormida. Al menos en mi caso, nunca he sabido qué hacer cuando quería hacer algo y cuando he hecho algo sin saber que lo estaba haciendo, es cuando más he hecho lo que verdaderamente era importante hacer. Bueno, tal vez me he liado un poco, pero Lucía sabía siempre, mejor que yo incluso, a qué me refería.

En esas tardes que transcurrían a veces sin que abandonara su posición de guerrillera ante el teclado y yo me tenía que buscar cosas en qué entretener el tiempo, si no la veía demasiado inmersa en el fondo de la pantalla, intentaba compensarla con un símil de té preparado a partir de esos preciosos sobrecitos que venden y que nos permiten a los inútiles sentir que hemos hecho algo grande o al menos, lo hemos intentado: acompañado de unas Lenguas de Gato, sus preferidas. Entonces comenzaba la percepción psicológico-silenciosa. Si cuando depositaba la bandeja en la mesa, cerca de Lucía, levantaba la cabeza y me sonreía, es que las cosas iban bien y, por tanto, a mí también me iría bien, podía esperar tranquilo; si sólo me miraba, es que era dudoso y tal vez ni siquiera supiera en ese instante quién estaba allí, a su lado. Pero si se levantaba y aprovechaba para ir al baño o lavarse las manos, o poner música, es que la cosa iba de desastre. En esas ocasiones, generalmente recogía y se hacía corpórea ante mí. El tema se saldaba con un paseo al aire libre, con una entretenida charla, con un largo silencio, o, ¿por qué no?, con una sesión de lujuria, pero eso ocurría las menos de las veces, por desgracia.

Hay tardes que, sin embargo, la veía tan metida en su mundo que ni té preparaba, decidía dejar de existir, mutar al estado gaseoso y ser una nube que deambulaba invisible por el apartamento sin molestar a Lucía. Entonces aprovechaba para poner un poquito de orden en "la habitación de los trastos". Esos días, Lucía regresaba al mundo invariablemente cuando la luz de su conciencia lo deseaba. Algunas veces, pocas, se unía el final de un día con el principio del siguiente sin que se despegara del lejano mundo que habitaba, más que para cumplir las inexcusables necesidades fisiológicas, sin que éstas fueran atendidas más que por pura obligación y cuando ya no podían obviarse más. En esos días-noches-días, me convertía en una sombra que dejaba por allí cerca una bandeja con zumo y unos sándwich que a veces ella comía en silencio y otras deglutía con desprecio, sin darse cuenta cómo ni por donde habían llegado, en un acto reflejo como el de respirar; sólo a veces, cuando se levantaba para ir al baño, me miraba y cogiéndome de la barbilla me estampaba un voraz beso de tornillo y lengua, pero de escasos segundos, acompañado de un "uuuyyy" que, al contrario de lo que pudiera parecer, me dejaba totalmente satisfecho.

Lógicamente no se lo decía, pero prefería las temporadas que estaba de este lado del mundo y podía disfrutar de su compañía en todos los sentidos. Bastaba con que me contara sus cosas, escucháramos música, tomáramos un té o miráramos el folleto de ese ático que tal vez un día tendríamos frente al mar, para que me sintiese colmado, si además al final acabábamos haciendo el amor sin que el reloj nos controlase, entonces era dichoso del todo. Y supongo que ella también.

"Muchas veces te dije ...", era el estribillo de la canción que tanto nos gustaba y que escuchamos casi a diario durante una larga temporada. Fue al principio de nuestra relación, cuando me fui a vivir a su apartamento. Entonces se sentaba a mi lado, recostada sobre mi hombro, recogida contra mi cuerpo, con los pies en el sofá. Y en silencio dejábamos que Pablo Milanés nos envolviera con su poesía cantada: *"muchas veces te dije que antes de hacerlo había que pensarlo muy bien ..."*, *"... que no bastaba que me entendieras y que murieras por mí..."* pensábamos una cosa distinta cada uno.

Siempre dándole vueltas a lo mismo, a la incógnita, al ser humano. A sus fugas del tiempo, a su sístole y a su diástole. A veces volando en la loca fantasía de las ideas, pero a veces caminando sobre la tierra firme del misterio, de la mano, incapaces de movernos solos entre las tinieblas de la realidad. Pero siempre en secreto. Alma infinita de entrañas tupidas.

Aún Lucía era un secreto para mí. No sabía si estaba pensando en algo o se había dejado llevar mecida por el arrullo de la melodía, tal vez recordaba al último amor, el anterior a mi quiero decir, tal vez a un familiar, o la última desgracia que una amiga le contó entre lágrimas con un té de por medio. De esos tés que solía preparar y que a mi tanto me gustaban. O tal vez surfeaba sobre una ola mental a punto de romper. O quizá estaba planificando su próximo viaje, sopesando los riesgos, calculando qué necesitaría llevarse y a quien.

- ¡Tómate un té!, relaja mucho – me dijo con esa insistencia natural que ponía en todas las cosas que le gustaban de verdad, con esa simpatía que desbordaba sólo cuando Lucía quería. Lo probé como sustituto del café del desayuno un día que coincidimos, pero nada. Lo intenté luego en casa y me salió un mejunje asqueroso. Por fin un día lo preparó ella, habíamos ido varios amigos y amigas a una especie de reunión festiva en su casa y Lucía tenía ganas de agradar como anfitriona, así que se descolgó con dos jarras de té caliente, blanco y rojo, a elegir, fue para mí algo así como abrir una ostra y descubrir una perla en su interior, como romper un precinto y descubrir la bebida de los dioses. Lo tomé mirándole a los ojos, escondido entre la masa del grupo; creo que en ese momento, entre el vaso caliente entre mis manos y su mirada pícara, todos mis estandartes de soltería perpetua se vinieron abajo y comprendí para qué estaba allí.

Es curioso lo mío con el té, siempre me resultó una bebida sosa, pero desde que Lucía lo introdujo en mi mundo, empecé a interesarme por su origen, su elaboración, su cuidado, su preparación...

Me gustó tanto, que se convirtió en mi bebida favorita, a su lado y siempre que ella lo preparara, claro. No es que se prodigase mucho, era incapaz de pedírselo, me sentía cohibido por su más reciente experiencia amorosa que me había contado con detalle, no quería parecerme en nada a su anterior pareja e intentaba demostrárselo en cualquier detalle, por eso prefería elaborarlo yo, a pesar de que apenas conseguía unas infusiones de color difuso y sabor indefinible malamente aceptables. Desde que se fue, he sido incapaz de tomarlo, ni preparado por mí, ni mucho menos en un bar. Se reía tanto al recordar las bromas que le gastaba cuando me lo ofrecía las primeras veces, antes de vivir juntos.

- Voy a hacer té, ¿quieres?

- ¿De cuál?

- Rojo o blanco, son los que hay

- ¡Bah!, ¿no tienes otro?

- ¿Qué TÉ te gustaría?

- El TÉ nerte …

Y siempre reíamos, porque esperábamos la respuesta y sabíamos hacer la pregunta exacta. Hasta que un día le eché valor y dije mirándole muy fijo a los ojos "¿Qué que Te quiero? … ese, el TÉ quiero", se puso seria porque comprendió que ya no era sólo una broma, había mucho más. Luego me confesó que nunca creía en las personas que decían Te quiero, porque era una fórmula muy sencilla de enunciar pero su contenido era muy complejo de sentir, en realidad. Desde ese momento algo dio un brusco giro en nuestra relación. En el futuro se convertiría en un ritual constante.

Cuando al principio caí en la inútil tarea, aunque de muy noble intención, de preparar el té por mí cuenta y lo compartía con Lucía, se volvía y tras probarlo me miraba con cierto grado de incredulidad reflejada en una ligera expresión despectiva pero cómica. Sin decir nada, supongo que para no tener que tragarse lo que tenía en la boca, se levantaba, sonreía ligeramente, tomaba ambos vasos y la jarra y los vaciaba en el fregadero, convirtiendo en un acto de salvación lo que había sido un ataque directo al paladar menos sensible.

- ¿Cómo consigues hacer un té tan malo, Dios mío? - Entonces ella lo preparaba y lo servía calentito, desbordante, acompañado de una tierna sonrisa, a veces de un tierno beso, sobraban las palabras.

-¡Té … comería! - decía ilusionada.

94

Nunca me atreví a preguntarle si se acordaba de nuestro primer té juntos, de esa primera vez, en eso y en todo.

Había acabado la jornada laboral y como en tantas otras ocasiones, estaba sola tomando "algo" en el bar donde solíamos encontrarnos algunas amistades de las distintas oficinas que había alrededor de la plaza, era el bar de moda para la gente de por allí y de nuestra edad, sentada en una mesa y con un montón de apuntes por delante, parecía muy ocupada, aunque sentí que todo era un adorno, que en realidad no estaba anímicamente allí en esos momentos y que todo era un parapeto para que no se le arrimasen los típicos pesados ligones de bar. Se me ocurrió que estaba demasiado tensa, intuí que algo se había roto en su vida, me olía que ya le habían dejado de molestar las peculiaridades (como las llamaba) de su pareja, había llegado a ese punto de indiferencia que le permitiría remontar nuevamente. Lucía estaba ausente pero al tiempo parecía dueña de sus emociones, liberada. Es otra de las muchas cosas que me admiraron de ella, su capacidad de concentración para despejar el polvo de la paja, como suele decirse, era capaz de ver asomar la luz entre las ramas a pesar de la frondosidad del bosque y apenas sin esfuerzo. La vi tan extraña que pensé que sería un buen momento para acercarme y volver a usar la vieja broma de la "propuesta indecente" que, como tantas otras veces, no aceptaría pero que se adentraba en su ego dejando escapar una sonrisa agradecida, con eso me conformaba. Y me lancé.

- El próximo martes por la tarde tengo libre, ¿te apetece que tomemos un té de esos tan ricos que tú dices que sabes hacer pero cuyo sabor desconozco en realidad? – dije con una sonrisa que intenté fuera la más encantadora del mundo. Estaba enredando sus dedos en la media melena sobre la cara, en un acto reflejo,

95

valorando cuál sería mi verdadera propuesta. Aún recuerdo lo que llevaba puesto, una camisa celeste ajustada y una falda estrecha hasta las rodillas, era "el uniforme" de cuando iba a tratar temas económicos de la Organización en algún centro oficial. Los brazos desnudos y suaves sostenían la cabeza flexionada, los codos apoyados en la mesa, rodeando la taza de té, y las piernas estiradas intentando mantener un difícil equilibrio al borde del taburete, todo el cuerpo en tensión. Me miró seria y divertida a un tiempo.

– Tu pondrás el té, la casa y yo … iré encantado. – Sonreí poniendo cara de niño bueno.

- ¿Es una propuesta indecente de las tuyas?

- Pues claro – afirmé divertido. Entonces su expresión cambió.

- ¡Qué cara más dura tienes!, ¿no? – Dijo sin variar la postura, pero moviendo la cabeza de lado a lado, en una expresión alegre que confesaba que le había hecho gracia y había roto con el ensimismamiento que la dominaba, "algo es algo", pensé.

– Anda, tráete algún dulcecito de esa pastelería de la calle de atrás y te invito. – Añadió con ese tonillo de perdonavidas que tanto solía usar conmigo, como si no quisiera valorar la realidad de lo que significaba mi propuesta o me estuviera haciendo un regalo.

Me quedé alucinando, intentaba no dejar translucir mi sorpresa ¡ni mi emoción! Fue inútil. Siempre tuvo rayos X en la mirada que conseguían leer el corazón ajeno, y que sólo se le fundían cuando cometía el error de enamorarse de la persona equivocada. Lo cual quería decir, que de mí no estaba enamorada, o que yo no era la

96

persona equivocada ¡válgame la falta de humildad! A mi felicidad de ese instante sólo amenazaba una nube y era que me moría pensando que cuando por fin llegase esa tarde prometida, sería el principio del final de la misma, algo de Perogrullo, ¡qué idiotez la mía!, pero así soy, no puedo evitarlo, ya estaba triste porque tendría que irme de su casa, cuando aún ni siquiera había ido. Casi se me escapa el argumento. "Déjalo, porque no sé si me va a compensar la alegría de estar contigo toda una tarde con un apetitoso pastel y tu querido té, a cambio de que llegue la inevitable hora de tener que irme". Por suerte me lo callé.

A Lucía le sonaba muy raro cuando le confesaba que la quería desde mucho tiempo antes de lo que ella pensaba. Ya no sirve de nada decirlo. Pero creo que no estaba dispuesta a aceptar esa responsabilidad, por eso no se lo conté en su día. Creo que a pesar de su fortaleza de espíritu, no quería cargar en su mochila nada más. Era su forma de ser, lo descubrí cuando aún éramos sólo dos buenos amigos, su mente no se sometía a su corazón, casi siempre sabía mantenerlos separados, no podía dejarse afectar por los sentimientos ajenos, al menos hasta el punto de confundir el sentido de las cosas. Era parte de la preparación emocional para su profesión.

Mentí cuando me tragaba con mi mejor sonrisa sus aventuras y sus historias, que Lucía creía confiar al secreto de un corazón sólo amigo. Mentí, cuando le aconsejaba "dar otra oportunidad" a quien se había reído de ella tantas veces, demasiadas, pero que por eso mismo le atraía tanto. Las mujeres me parecen muy raras a veces. Y mentí cuando la decía que sólo veía en ella una buena

97

amiga, o una hermana pequeña. Mentí, aunque no sé si la pude engañar, era demasiado inteligente.

Fue una estrategia de seducción nada más lo que utilicé. No soy partidario de "el fin justifica los medios", pero sí de eso de que "en el amor, como en la guerra, todo vale". Y eso hice, luché con mis escasas armas contra otras poderosas razones y atractivos. No me arrepiento, fui feliz, muy feliz, a su lado, sobre todo al contemplarla, cuando me hablaba y me contaba sus sueños, o las discusiones que tenía con sus compañeros, o sus ideas, o el último libro que había leído. Pero también fui feliz con sus silencios, esos largos y meditabundos espacios que dejaba en las tardes melancólicas, en los paseos por el campo o junto al mar, en las noches de amor y pasión. De repente se levantaba, caminaba un poco hacia la ventana, al pasillo, mientras me embriagaba con su desnudez, su cuerpo blanco y cálido, en perfecto equilibrio. Hacía como si estuviera sola, mientras saboreaba los largos besos que nos habíamos regalado. Era la mejor manera de decirme sin palabras que estaba a mi lado, que no era una traba en su vida, ni otro más, sino una parte definitiva de su mundo.

Lucía era pragmática, tremendamente pragmática. Y enseguida comprendí que cualquier cosa con que me obsequiara sería pura dádiva. Supe que podía dar mucho más que recibir, como también escatimar cuanto quisiera, o conformarse con menos, esa era su generosa naturaleza. Estaba dispuesto a quedarme sólo con lo que me quisiera dar, aunque lo quería todo. Y al final creo que lo conseguí. Era así, avara consigo misma. Había que aceptar y comprender que se guardaba mucha de su fuerza y su cariño para emplearlo en lo que era su gran pasión, las misiones de la Organización.

98

Aquella "tarde de nuestro primer té", aquella primera tarde que me invitó, digámoslo así, a tomar el té en su apartamento de la calle Hortaleza, una voz en mi interior recitaba el verso de Silvio Rodríguez "... muchas veces te dije ...". Aquella tarde, cuando llegué con las Lenguas de Gato de chocolate, con los After Eight y otras minucias, abrió con una gran sonrisa. Tenía una porción de su melena color caoba recogida en una mini coleta enredada en la nuca, mientras el resto del cabello caía sobre la pecosa cara, de una forma muy graciosa, vestía sencillamente una camiseta blanca de mangas largas que sobresalía por encima de unos viejos vaqueros ceñidos pero livianos, unos calcetines gordos de lana servían como calzado para deslizarse como una nube sobre el piso de madera. Tenía una gran colección de calcetines que utilizaba tanto en invierno como en verano, siempre los pies fríos, decía, y en los días más crudos llevaba hasta dos o tres puestos, unos sobre los otros.

- ¡Hola!, ¿qué tal? – me recibió sonriente mientras se empinaba a darme dos besos, consiguiendo de esta manera quebrar cualquier tipo de duda que yo tuviera sobre la oportunidad de la cita, pues desde que quedamos, había llegado a pensar si no sería un mal momento, si tal vez no preferiría estar sola para lamer sus heridas. Era una mujer que con un pequeño gesto, con una sola palabra, conseguía crear un ambiente cálido y acogedor, o frío y hostil, dependiendo de su voluntad y de la persona con la que estuviera en ese momento. La encantaba que su piso se llenara de invitados a reuniones y fiestas, pero la molestaba que se inmiscuyeran en su intimidad sin permiso. Era tan generosa y tierna, como reservada e independiente. Tan cariñosa y cálida, como seca y dura. Ambas caras tenía y aplicaba una u otra según la ocasión o el personaje; por suerte para mí, sólo conozco la primera, pero casi he visto temblar el aire a su alrededor cuando adoptaba la segunda.

99

Esa tarde sonaba Milanés sobre Silvio y viceversa, a Lucía también le gustaban y los escuchamos en silencio, o de fondo mientras charlábamos, entre sorbos de su rico té, chocolatinas y "pipermint para después de las ocho". Esa tarde aprendí que le gustaba que la leyese poesía y que a mí me gustaba hacerlo. Más adelante descubrí que si la componía expresamente para ella de vez en cuando, aún nos entusiasmaba más.

Antes de que se nos acabara la primera tetera, ya pensaba en estirar la tarde más allá del reloj. Sin llegar a pedirlo, preparó una segunda con la mayor naturalidad, como si lo hubiera leído en mi frente, dándole ese toque final que era su gran secreto y que en realidad emulaba la ejecución de un rito sagrado y milenario, no me hubiera sorprendido oír pronunciar extrañas palabras o hacer singulares movimientos con la jarra en una liturgia que desarrollase sin explicar. Intenté aprender observándola, pero jamás conseguí repetirlo, soy un aprendiz verdaderamente torpe, o quizá es que hubiera necesitado más tiempo. Pero ya es tarde, demasiado tarde.

Algo comentó entre risas sobre tanto chocolate como había traído: que si quería hacerla engordar, que si era afrodisíaco y que qué pretendía de ella, o que si otras teorías afirmaban que era un sustitutivo del sexo, que si sí, que si no, ..., cualquier broma clásica la celebrábamos y nos reíamos, cualquier ocurrencia que tuviera sobre su extraordinario atractivo de aquella tarde. Algo así como que si con 50 quilos era una preciosidad con 100 no sería el doble, sería mucho más. Le daba mucha risa imaginar cómo sería con ese peso. Volvió a servir té, mientras nuevas risas se le escaparon tras llenarse la boca con dos o tres lenguas de gato y ahuecando los brazos alrededor de su cuerpo, simuló una anchura muy superior a

100

la suya. Más bien parecía un orangután, estaba muy graciosa y volvimos a reír con fuerza y ganas.

La tarde transcurrió en un devenir alegre de confesiones, juegos, fantasías y realidades de dos amigos que se intuyen, que se ansían, que sin saberlo se buscan y finalmente, se encuentran. No sé cómo dimos el primer paso, el primer beso. Tengo como una especie de nube gris que se impone a ese instante inicial y que sólo me deja ver retazos, pinceladas sueltas, ... una inconfundible sensación.

Todo fue y ya nada fue, al menos como antes había sido.

MUCHAS VECES TE DIJE

(del diario de Jaime)

"Abril, mediados

Allí sucedió la primera vez, en tu apartamento. Nos dejamos caer sobre la alfombra tras la segunda jarra de té, con la ingravidez de los amantes eternos pero con la seguridad de los cuerpos que preparan el encuentro. Estuvimos ..., no sé, ¿media hora?, ¿una hora?, no importa, el tiempo dejó de existir. El tiempo que mejor se mide es en instantes, instantes de pasión, instantes de locura, instantes de felicidad. Estábamos solos, tú y yo, fijas nuestras miradas, recorriendo un planeta aislado y lejano en el que nadie más cabía. Recuerdo tu pupila clavada en la mía, como leyendo un texto difuso y tal vez no escrito; una leve y tímida sonrisa de satisfacción doblegando la delgada línea de tu boca, transformando el adusto semblante cansado del día, por una expresión abierta, franca, sonriente, dichosa. Pasamos del silencio de la mirada al estruendo de los labios que buscan los besos más tiernos, según ganaba la pasión los cuerpos se rebullían y tomamos el camino indiscutible del dormitorio.

Tumbados sobre la cama nos descubrimos al tiempo, lejanos y cercanos a la vez, sin rozarnos siquiera, vestidos aún; la noche nos iba ganando o tal vez lucía aún más fuerte el sol, no lo recuerdo porque no lo vi, ni me preocupaba ni sabía en qué momento del día

103

estábamos. Instantes de pasión. Perdimos la razón del tiempo. Mi mano fue lentamente en busca de tu media melena, mis dedos descorrieron la cortina de tu cabello buscando exhalar el fresco aroma que los inunda y que tanto me gustaba. Puede que lo que más añore de ti sea la variedad de esencias que desprendías, todas suaves y excitantes, armónicamente encadenadas a tibieza, a frescura, a gloria.

Enredé despacio mis dedos una y otra vez entre las finas hebras de tu cabello, echándolo hacia atrás, deseoso de recibir más de tu fragancia; luego, con el dorso de la mano, repase la suavidad de tus mejillas y con el índice silabeé el contorno de tus ojos, tu nariz, tu boca, el mentón, el cuello... mientras nuestras miradas se entregaban felices a la contemplación del otro, incansables.

Pasó el tiempo como pasa una barca sobre un plácido lago sin corrientes, pasaron tal vez lunas y soles por el reflejo del cristal de la ventana, como en una sucesión de imágenes a cámara rápida. Imitabas cada movimiento que yo hacía, o cuando no, tomabas mi mano en la tuya y la llevabas a descubrir nuevas fronteras inhóspitas de tu cuerpo, acompañando con una mayor premura la felicidad que yo sentía. Quizá creíste que no avanzaba esperando tu iniciativa, buscando tu franqueza, dejando ocurrir las cosas, para demostrarte que todo pasa según las normas del destino. Pero también, para asegurarme de que no era un sueño lo que estaba viviendo, sino que por fin se había hecho realidad mi fantasía. Nuestras manos se enlazaban sin necesidad de cambiar la posición de nuestros cuerpos, cumpliendo con una necesidad física más fuerte que el hambre. Lo que sentíamos al unir las yemas de nuestros dedos y luego juntar las palmas de nuestras manos, era algo así como si de esa forma provocásemos una transfusión de sueños y deseos, como si ya las palabras sobrasen porque el lenguaje que salía de los poros de nuestra piel era suficientemente nítido para entendernos. Tal vez exista la telepatía, pero desde luego entre nosotros, no hizo falta el verbo, nos entendimos a la perfección con el silencio. Se nos borró la edad, éramos como dos adolescentes ñoños que se miran y se miran cogidos de las manos sin decirse nada y que poco a poco se van angustiando y muriendo de amor el uno por el otro. Nosotros no moríamos, revivíamos, recobrábamos toda la ilusión perdida y abríamos puertas y ventanas a la nueva experiencia.

No nos detuvimos ahí, en solo mirarnos y cogernos de la mano. Lentamente subí tu camiseta y desabroché tus vaqueros y ante mí se abrió el espectáculo de la belleza condimentada con el deseo. Poco a poco te fui desnudando, descubriendo más cuotas de belleza, y luego tú hiciste lo mismo conmigo, elevando el clima de la pasión. Instantes de locura.

Creo que, por primera vez y para mi satisfacción, te olvidaste de tus obligaciones, de las prisas, de tus sueños, de tus problemas, como yo me olvidé de todos los míos. Y de la suave y cálida caricia, pasamos al lenguaje del corazón a través de los labios. Gocé con ese primer acercamiento que se resume en un suave roce, como si uno se pasa algodón por la piel, aún con los ojos pendientes de la otra pupila y las manos firmes una contra la otra, algo fugaz, a cámara lenta, mientras

105

tu piel, ya desprovista de la ropa, recibía todo el calor de mi piel, también desnuda por la acción generosa y ágil de tus dedos. Gocé al retirar unos milímetros mi rostro del tuyo y al volver a acercarlo, conjugando una sonrisa que era fiel reflejo de la satisfacción, del deseo que abría expectativas de continuismo. Gocé cuando poco a poco el labio ganó el encuentro al labio y tras unos profundos enfrentamientos cargados de nubes de verano y destellos de luna de abril, la lengua buscó a su igual en una batalla por entregar, no por conquistar. Mientras las manos repasaban el camino aprendido en el resto del cuerpo. Era el mundo al revés, una batalla sin guerra, nadie ocupaba la plaza de nadie, sino que la llenaba con su presencia; nadie luchaba por doblegar a ningún enemigo, sino que se rendía generoso y cautivo. No era una guerra, era un desfile militar con "V" de Victoria cargado de flores de colores.

Nuestros cuerpos, guiados por el instinto, buscaban entrelazarse pero sin aprisionarse, dejando suceder lo que el deseo pedía. Recorrimos un largo camino que nos hizo regresar a nuestra juventud más adolescente, cuando descubrimos lo que era el amor, el primer beso, bueno, a veces no el primer beso, sino el primero que dimos cargado de amor, su inocencia y la satisfacción inigualable de esa primera vez. Volvimos muchos años atrás, a nuestro karma, cuando aún no éramos conscientes de nuestra existencia, descendimos al instante de descubrir el lugar del mundo que nos correspondía a cada uno según nuestra condición y género. Sin embargo, ya no éramos aquellos dos chiquillos adolescentes de inciertas pretensiones y miedos proyectados, ahora éramos un hombre y una

106

mujer cargados de nuestras respectivas historias, que sabíamos lo que queríamos y en qué acaban estas cosas, no buscábamos que ocurriera, pero tampoco lo detuvimos cuando todo comenzó, aún hubiéramos estado a tiempo, no había planteamientos previos ni condiciones, creo que era la primera vez que habíamos visto venir las cosas tal y como podían suceder y no habíamos intervenido para cambiarlas. O tal vez sí, pero inundados de una sensación de complicidad mayor de lo que creíamos, nos entendimos con el silencio y con la mirada.

De mucho nos sirvió el haber tenido tantas y tantas charlas, aunque fugaces a veces, entregándonos secretos íntimos el uno al otro. Sin querer o pretenderlo, habíamos ido tejiendo la red que sostiene una pareja, que es la confianza mutua y el conocimiento del otro hasta el punto de verlo como una parte nuestra, pero sin renunciar a la propia personalidad, respetando la autonomía, las ideas opuestas, en un pleno reconocimiento de la individualidad ajena, que no es beligerante sino complementaria. ¡Cuántas veces nos confesamos tantas cosas que no podíamos contarle a nadie más! Ni a nuestra propia pareja, en mi caso de haberla tenido. Preferimos compartirlo sólo entre nosotros, nos pareció que teníamos más confianza, más soltura. En realidad es que nos creíamos más libres de ataduras y deudas sentimentales, más capaces de confesar lo que sentíamos verdaderamente sin tener que ceder parcelas de intimidad al no ser pareja. Pero al mismo tiempo, estábamos preparando inconscientemente el futuro encuentro que esa tarde se

107

iba a producir. Tan anhelado en el silencio de la inconsciencia. Por fin.

Y todo ocurrió de una forma natural y placentera, sin tiempo, sin prisas, sin pretextos, sin palabras forzadas ni tópicos irreales. Fuimos lo que fuimos porque así lo queríamos ser y porque lo habíamos estado deseando sin saberlo, ni quererlo reconocer. Lo que pasó, pasó, y el tiempo que duró esa primera vez lo desconozco, si no fuera por la sucesión de la noche y el día. Y nos dimos más cuenta de ello, salimos de nuestro ensueño, justo por la claridad que comenzaba a despuntar en la lejanía que un día soleado anunciaba. Así fue nuestro primer día juntos. Instantes de felicidad.

"mayo, primera quincena

La excitación que sentí con la lectura de la hoja del diario que encontré, Lucía, el deseo absoluto que dejabas translucir en tus palabras y que iba encajando en mi imaginación con el recuerdo de tu piel desnuda, despertaron involuntariamente mi cuerpo, pero al terminar de leer los últimos párrafos, un vacío me condujo al camino de la duda. ¿Era de mí de quién hablabas?, ¿era elucubración lo que decías o reflejaba una experiencia vivida por ti? En cualquier caso, había mucho sobre lo que reflexionar en aquellas frases.

Y me siento aún más triste al comprender que no te supe entender esta vez tampoco. ¿Cuántas veces te dije que te había comprendido demasiado tarde?, ¿cuántas, mi amor? Y no obstante tú me mirabas con benevolencia y me perdonabas en un generoso gesto,

108

con tu mirada cálida y un profundo agradecimiento. No importaba que hubiera tardado tiempo, no, eso a ti no te importaba, pues preferías eso a la ignorancia plena y me agradecías ese pedacito de cariño que te entregaba, que era lo que tu necesitabas. Entonces sentía cómo el latido de tu corazón se aceleraba, cómo se cargaban de lágrimas tus ojos que me miraban con infinita ternura. Eso era todo lo que ansiabas, un beso, una caricia, un mucho de amor, como contrapunto a tus anteriores parejas, que no habían sabido acercarse a ti. Pero esta vez el comprender dolía, ¡y mucho! Lo que jamás me importó, lo que jamás quise saber, lo que un día te dije que debías guardar en lo más profundo y sólo para ti, cobraba cuerpo ante mí, reflejado en las nubes, contoneándose sobre la hierba, chisporroteando entre el fuego de la chimenea, subiendo por las paredes de mi cuarto. Un dolor agudo e intenso que me atravesaba. Ya no podrías explicarlo, aunque quisieras, ya no podrías. Tuviste la oportunidad y no lo hiciste. O a lo mejor fue puro amor, el amor del que yo dudé, pero que tal vez sí me lo dabas incondicionalmente, ahora lo sé, tanto como para no contarme lo que tanto daño me habría hecho.

Ahora lo entiendo. Si te amé, y te sigo amando, con la generosidad del que sólo espera recibir amor, ¿no me habría de sentir fracasado en mi convicción muy por encima de cualquier sentimiento de traición? Es complicado. Un día surge un silencio que se produce sin saber porqué. Otro día baila alrededor un nombre repetido inocentemente. Un viaje del cual no hay recuerdos apenas que compartir a la vuelta. Y todo eso se olvida y se pasa, se almacena en silencio donde la

109

mente lo deja dormitar, pero el corazón sí lo recuerda. Y lo guarda hasta el momento oportuno que una chispa inocente lo hace saltar. Y esa chispa ha llegado con el diario. Es una lágrima que nunca supe por qué te recorría el rostro, que no quisiste que te limpiara porque preferías dejarla correr en silencio y yo decidí respetar tu intimidad, como tantas veces, sin saber qué era. Al final, son sólo tres o cuatro palabras. Es una llamada que se oculta tras una sonrisa contenida o un sollozo reprimido, mientras yo me diluía por el resto de las estancias del apartamento para no estorbar, para no confundir mi deseo de saber con los celos enfermizos que sólo denotan egoísmo. Porque te quería por encima de todo.

Duele y mucho, amor, pensar que una vez, por un instante, dejaste de ser mi amante, mi amiga. Tener que pensar si quizá un día rompiste nuestro pacto nunca confesado, no solo porque el miedo te llevara a otro, sino porque le confesaste a otra persona distinta antes que a mí lo que tu considerabas inconfesable, eso duele aún más. Sobre la herida del tener que reconocer que hubo un insalvable hueco entre nosotros y que tuviste que rellenarlo lejos de mí, lo cual ya es un estrepitoso fracaso en sí mismo, además tengo que lamentar que ni siquiera pude valerte de consuelo, de alivio. Ahora me explico muchas cosas que durante un tiempo vi y que no te eran propias, trastornos físicos, inestabilidad, silencios fríos, lágrimas contenidas, … ¡y sin poder ayudarte! Cerrando los ojos al entendimiento más lógico, inexorable a la comprensión, evitando reconocer que un hilo de dolor se trenzaba en mi interior silenciosamente.

No seré tan estúpido de decir que no te perdonaría, en absoluto, como todos mis enfados contigo, sólo me duraría hasta que me mirases a los ojos, esta vez aunque sea, tal y como ya para siempre me corresponde hacer, será a través de la fotografía, pobre almacén de recuerdos. Te lo he perdonado y lo he comprendido. A veces una persona amiga que está en el secreto por una buena razón, rompe su silencio de tiempo y se apiada del alma solitaria y le confiesa lo que ha estado guardando, a fin de cuentas, tú ya no estás aquí. Hay que agradecérselo, calló cuando debió hacerlo y ha hablado cuando ha debido hacerlo. Lo único que no asumo es que no fuera para ti, amigo antes que amante, amante además de amigo, tus oídos antes que tu corazón, agua de tus ojos antes que nube en tu mente. Sólo a mi me corresponde la pena y el remordimiento, pues no supe acogerte también en el fracaso. No te pedí jamás explicaciones, no dude ni un instante de que hacías lo que debías hacer. Por tanto, no me puede doler el que fueras feliz, claro que no, aunque lo que hicieras para ser feliz no fuera lo que a mí más me hubiera hecho feliz. Nunca tuve el egoísmo de considerarte mía. Pero siempre quise ser tu mejor amigo. El amor a veces destruye la amistad, por que junto con el cariño y la convivencia viaja el egoísmo a través de los celos, que socaban la pareja, carcomen el sentido de la generosidad con el pretexto de los sentimientos, haciendo que lo que compartirías con un amigo o amiga, no lo confesarías con quien calienta tu lecho cada noche. ¿Por qué?, somos así, humanos y débiles, contradictorios y avaros.

111

He rememorado tus regresos y siempre eran parecidos, nada especialmente destacable aparte de la alegría del reencuentro, el lógico cansancio o un cierto trauma por las cosas que habías visto y sufrido. Quizá alguna vez fue distinto, quizá tu silencio fue mayor o tu mirada lánguida fue más triste, no lo puedo precisar. Quizá no hicimos el amor tanto ni tan pronto ni en cuanto regresaste, quizá alguna vez pasaron días, no lo recuerdo, lo que ocurría entre nosotros entonces, ocurría porque tenía que ocurrir, nunca nada era forzado. Puede que alguna vez no supiera ver que me desviabas la mirada. Y quizá si me esfuerzo pueda recordar cómo alguna vez cortaste una llamada, cómo un nombre se perdía en un susurro, ... pero nada a lo que yo le diera tanta importancia como para tenerlo en cuenta. ¿Por qué te guardaste para ti lo que me hubieras contado si no hubiéramos sido pareja?

"La vida no es así", esa frase no sirve, la vida es como la hacemos, como nos la construimos con nuestros ideales y con lo que nos aportan los demás. La vida vale mucho y es una lucha continua, pero la vida no es de cualquier forma, ni lo que pasa ocurre porque "la vida es así". Todo tiene un origen y un porqué, nada es casual y sin embargo sí lo es. Porque a veces hacemos cosas y luego esos actos traen unas consecuencias, quizá no son lo esperado o lo deseado, pero ocurren así. Somos "escogidos" por las circunstancias, atravesados por la vida y situados en un lugar donde quizá no debiéramos estar, pero allí acabamos.

Quizá fue culpa mía, quizá necesitaste romper el palacio de cristal en el que te atrapé y que no dejaba de ser una jaula. Necesitaste volver a sentirte viva y escogiste volar

112

sola, un ansia de sentir a la mujer fascinante y seductora que siempre habías sido. O puede que no.

Qué idiota fui, ¡pero te quería tanto!

El tren se pone en marcha a su hora. Va solo en el doble asiento, mejor, así tiene tiempo hasta llegar a Madrid de pensar en todo lo que ha pasado.

Lo que Patricia le contó aquella noche, le crea más dudas aún de las que él ya tiene acerca del mundo de la moda, las pasarelas y todo eso. Lo que más le sorprende es que a pesar de su edad, le dijera que ya tiene demasiados años para esa profesión, que las ofertas de trabajo le comienzan a escasear. Sólo las llamadas top-model prolongan su vida laboral, pero no es su caso, no ha llegado a ese nivel.

- Cuando entré por primera vez a una sesión de fotos – cuenta -, me vi sorprendida por un mundo de magia. La ilusión, como tantas adolescentes, de asomarnos a ese mundo fantástico de viajes, fiestas, gentes desenvueltas, divertidas, famosas, … es el mundo de los cantantes de moda, de los futbolistas de élite, de yuppies y empresarios con mucho dinero,… No es un ambiente tan negativo como quiere hacer creer la leyenda urbana, aunque hay un poco de todo; cada quien puede poner el límite donde crea que es más oportuno.

Patricia le cuenta que hay chicas que aprovechaban para conocer mundo, tomar contactos, formarse. Otras simplemente se dejaban arrastrar por la vorágine, deslumbradas por el dinero fácil y las escasas preocupaciones. Las hay que buscan una nueva vida y están dispuestas a muchas cosas por ser famosas y ganar mucho dinero. Y también las que, tras conocer cómo

115

funcionaba el sistema, se integran en alguna de las muchas posibilidades que ese mundo ofrece.

- Como en cualquier actividad humana, hay gente buena y mala – concluye estudiando la reacción de Jaime.

Ahora que su tiempo se acaba, contempla varias posibilidades, una es aceptar pequeños trabajos ocasionales y compaginarlo con la formación en alguna agencia. No es lo que más le apetece, así que de momento no ha aceptado. Estos últimos años los aprovechó para estudiar idiomas, que le encantan, y se ha licenciado en Filosofía, y ahora está con Psicología, ambas ciencias le fascinan. Por suerte guardó algunos ahorros que le permiten sobrevivir combinándolos con trabajos esporádicos, como el que acaba de hacer junto "a los cubos" en la playa. A Patricia no le asusta el futuro, se siente capaz de hacer todo lo que quiera.

- Es otra de las cosas buenas que te da mi profesión, aprendes a conocerte a ti misma, porque si no llegas a ser dueña de tus actos, puedes caer a merced de cualquier aprovechado. Nunca me gustó que me dijeran qué debía hacer, lo malo es que eso me hizo perder algunas oportunidades.

Patricia se define como una mujer independiente, viajera, le gustaría conocer tantos lugares en el mundo, tantas personas tan diversas, sus aficiones han perfilado su personalidad a partir de una innata tendencia que definió su vida. *"Otra como Lucía, ¿es qué únicamente puedo yo conocer a mujeres así?"*, piensa Jaime, mientras revive las conversaciones con Patricia y observa por la ventanilla del

116

tren los paisajes que van pasando raudos, pero no les presta atención.

Al final no le ha dicho si va a establecerse en Madrid o qué piensa hacer, sólo que de momento quiere acabar el verano con los pequeños trabajos que le han surgido, luego continuará con sus estudios y de vez en cuando, se escapará por ahí, cinco o seis días, no mucho más, cada cierto tiempo, lo suficiente para conocer otros lugares y regresar al barullo diario con las pilas renovadas y la mente cargada de visiones, aromas y sensaciones distintas. Casi siempre viaja sola, raramente con alguna amiga, en su tiempo, con algún hombre mientras fue su pareja, pero siempre la presencia de otras personas le roba espontaneidad, pues lo que le gusta es ir trazando su ruta diaria sin planificar las visitas.

- Y además, siempre puedes conocer a alguien interesante -, le guiña un ojo pícara -. Una amiga es otra cosa, te da conversación y comparte aventuras y experiencias interesantes. Los hombres, en general, sois demasiado egoístas, demasiado protectores, una mezcla entre supermán y tarzán, os creéis llevar a vuestro lado una Jane, inútil e inválida, por supuesto.

- ¡Cómo eres! – Jaime no puede por menos que reír abiertamente.

Recuerda que Lucía también le dijo que muchas veces le hubiera gustado renunciar a la compañía de los hombres en las misiones, porque se convertían en un estorbo, eran bastante más débiles que la más frágil de las mujeres en ciertas situaciones "además, antes o después, a todos os sale el gallito machista que lleváis incrustado en el

117

sexo". A Jaime le gustaba escuchar aquellas críticas y guardaba silencio, no las rebatió nunca, pues en el fondo pensaba que eran verdad, pero más bien lo achacaba a la eterna guerra de sexos, ¡bendita diferencia!, y no solo en lo físico.

Hay un puente entre Patricia y Lucía que intenta encontrar pero que no quiere cruzar. Ambas son mujeres maduras y formadas, con múltiples experiencias, independientes, de ideas muy claras, pero que sin embargo divergen en algún punto desde su adolescencia. Cada una le atrae de una forma, en el caso de Patricia por su aparente contradicción y ¡qué duda cabe!, por la imagen del Play Boy que aún guarda en su maleta; en el caso de Lucía, por su vida de vorágine constante, por su actividad inagotable. Patricia es físicamente más llamativa y lo explota, sin embargo, Lucía descubre ese mismo encanto sólo cuando se arregla para las Galas. Patricia oculta su gran inteligencia en una imagen común y Lucía usa su gran capacidad de continuo, mientras su apariencia es meramente transitoria.

Lucía solía arreglarse tanto, sólo cuando tenía alguna ocasión especial, sin embargo, recuerda que alguna vez lo hizo en los últimos tiempos, sin que tuviera ninguna entrevista o reunión de alto nivel, no le dio ninguna explicación, ni él tampoco quiso pedirla, observó su estado: triste, melancólica y dedujo que lo mejor era guardar silencio. A veces las personas nos buscamos a nosotros mismos de las maneras más insospechadas y nos ocurren cosas que sólo nosotros mismos podemos saber, "hay que respetar el silencio cuando éste se produce", pensaba Jaime. Así que cuando Lucía volvió de esas citas inexplicadas, Jaime jamás le preguntó nada. Muchas veces

118

a los pocos segundos, reaccionaba con una inmensa ternura que también le sorprendía.

A veces las diferencias están más en el ojo que mira que en el objeto observado. A fin de cuentas todo depende de las circunstancias, por más que nos empeñemos en mostrar qué es lo contrario de lo correcto, sólo el tiempo sitúa cada cosa en su lugar. Da lo mismo un sueño que una nube. Una lágrima que una carcajada. Las palabras no dichas quedan apartadas del mundo, no se reservan para la próxima vez, ni van a engrosar ningún tratado. Simplemente se quedan en la imaginación de quien no las pronunció y dejan de existir. Lo que fue ya no es y nunca lo será. Como un tópico, ningún instante es igual al anterior, sino que fluye como la corriente de un río, y lo que pasó, pasó porque así debía pasar. De nada le sirve ahora a Jaime recordar y hasta lamentarse. Le faltó el coraje para pedir a Patricia que se quedara unos días más y contarle todos sus recuerdos, para que ella se los interpretara. Luego regresar juntos a Madrid y quién sabe qué.

Cuando se corona Pajares, a vista de pájaro, las nubes que están más bajas parecen un lecho que se extiende hasta el infinito. La vista es similar a la que se percibe desde un avión, la diferencia es que la ventana por la que Jaime se asomaba era mayor en este caso. Aún pervive en la memoria el aroma de aquellos trenes con compartimentos para ocho pasajeros, un asiento de escay pegajoso sudaba las espaldas y el humo del tabaco asfixiaba el ambiente. Sobre las cabezas, fotos amarillentas de paisajes y lugares turísticos intentaban subir la moral del sufrido viajero. Por encima, cestas "de rejilla" sostenían irregulares maletas y bultos diversos, que amenazaban caerse a cada vaivén. Sobre la puerta, un amplio hueco se adentraba sobre el falso techo que recorría el vagón de adelante atrás, útil para guardar el equipaje, pero más de una vez lo uso alguien para esconderse del revisor, seguramente por no llevar billete. Jaime era muy niño aún, pero recuerda cómo los viajeros mantenían un silencio cómplice. Escuchaba a los mayores hablar de evadidos de la cárcel, de gentes que luchaban contra el Régimen, era común el silencio con ligeros tintes de miedo disimulado; a los niños les decían que no preguntaran nada, que estaba prohibido señalar en público y que no se fueran con desconocidos. Eran tiempos de fingir ser parte del decorado.

Los viajes a Madrid duraban horas, suerte era encontrarse con otro niño con el que poder jugar. Luego, al llegar la oscuridad, se recostaba en las pacientes piernas de su padre, que mantenía la postura agarrotado toda la noche, vigilando su descanso pero también el equipaje familiar. De pronto alguien se ponía a fumar, el humo se acumulaba en el compartimento, alguien protestaba, unas veces abrían la ventanilla y el frío se calaba en los huesos, otras, el fumador se iba al pasillo, pero a veces se formaba una gran trifulca y tenía que acudir el revisor e imponer cordura: ¡quien quiera fumar al pasillo!, así que el pasajero despechado salía y entraba haciendo el máximo ruido posible, enfadado por el revés que le habían dado. Pero también se hacían amistades, se compartía comida, sueños, preocupaciones y hasta se establecían contactos para la nueva vida que muchos iban buscando en Madrid.

Jaime compara sus impresiones recibidas desde la ventanilla del avión en el viaje de ida, con las que recibe ahora en el de vuelta en tren, intentaba situar en un mismo plano campos, carreteras, pueblos y ciudades. A ras de suelo, el tiempo transcurre más lento y la visión es más concreta. Desde el cielo la realidad es una marejada imposible de tonalidades que se cruzan en un dibujo infinito. El sol desde la altura, crea toda una gama de colores, pero sobre suelo carece de la profundidad que otorga la distancia. Jaime rescata imágenes de su memoria para crear el alzado. Desde la ventanilla pone cara a la gente de los que imaginó diferentes instantes de su vida cotidiana y juega a distribuirlos en función de sus apetencias. Aquélla pareja del fondo que se abrazan tan efusivamente, podrían ser los adolescentes escapados del colegio para vivir su ardor juvenil. Quizá este señor serio y esta mujer, no lo suficientemente cercanos pero a una prudente distancia, sean los amantes ocasionales que imaginó, disimulando en el viaje de regreso a sus vidas corrientes una vez consumado el encuentro.

Cada parada es una nueva oportunidad de rellenar con caras un paisaje soñado desde el avión. Apenas se fija en la gente del vagón, que circula casi vacío. Nadie se sienta a su lado, mejor, no le apetece hablar de temas absurdos como el tiempo, las vacaciones, el trabajo o tragarse una aburrida perorata. La gente sube y baja en diferentes estaciones, pocos completarán la ruta entera como él. Un par de veces visita la cafetería. Unos desagradables bocadillos precalentados y una tónica "¿de dónde sacarán estas latas tan diminutas que valen el doble que sus hermanas mayores?". El café es agua con un ligero toque amargo que ni el azúcar puede disimular. Cuando era niño, la gente abría tarteras y envoltorios con bocadillos, croquetas, tortilla, una cantimplora de agua, una bota de

121

vino, fruta, … "¿ustedes gustan?" y se compartía todo con el resto de viajeros.

En la cafetería hay mucha "gente guapa" mezclada con familias, es viernes. La primeras copas del fin de semana, minifaldas, corbatas abiertas, cuellos desabrochados, risas, miradas, susurros y complicidad por partes iguales. Las familias recogen sus viandas y se vuelven a sus cómodos asientos, los solitarios como Jaime se quedan. Algunos móviles suenan con sus músicas molestas, conversaciones se inician y se acaban aquí y allá, mensajes escritos bajo la atenta sonrisa de una adolescente, por los pasillos destacan los portátiles como gaviotas con las alas extendidas, miradas indiscretas intentan leer sus pantallas, ojos que se cruzan y se esquivan …

"Creo que sí, cuando vuelva llamaré a Patricia, empezamos una conversación y tengo ganas de acabarla", piensa tranquilamente Jaime mientras el aguado café amarga su paladar.

Ni Jaime ni Patricia tenían nada planeado cuando se encontraron, simplemente ocurrió, ambos lo necesitaban. Pero abrieron muchas puertas, se contaron muchas cosas, y aún quedaban más por contar. Tuvo la convicción de haber iniciado algo. De todo lo que había aprendido con Lucía, lo principal es que nada ocurre porque sí, que la casualidad no es más que una clave cifrada del destino que hay que ir descubriendo a voluntad, pero no quedarse parado a ver pasar las horas y esperar lo que el devenir te traiga, como a la mayoría les pasa, pero no a Lucía. Ella corría siempre hacia adelante y ahora él se sentía capaz de tomar el testigo de esa actitud, porque presentía que Patricia era un poco

122

así también, dispuesta a no forzar las cosas, dejarlas transcurrir mansamente, nunca a dejarse arrastrar.

Su mente se abrió con claridad, volvería a la Organización a buscar los últimos instantes de Lucía, no podía renunciar a ellos. Llamaría a Patricia, tenía la seguridad de que a ella también le habían resultado interesantes las confidencias compartidas. Su ocasional compañero de avión, el tal JJ, les había presentado, seguro que él pertenecía a ese mundo despreocupado y vital, acostumbrado a moverse por los sitios más de moda, Patricia tenía que conocerlo de eso, posiblemente hubieran tenido alguna aventura, su imagen era la de un triunfador en el mundo de las banalidades y ella lo habitaba por razones profesionales. "¿Qué había pensado yo mismo cuando me la presentó?, una chica estupenda para un buen polvo" y sin embargo, luego fue descubriéndola. Es posible que la presencia de JJ hiciera prevalecer la capa superficial de su personalidad, esa que todos esperaban y que le servía para seguir consiguiendo contratos de trabajo como modelo.

"¿Pero tan fácil se olvida?". Habían pasado meses desde que Lucía se fuera definitivamente, nada la podía hacer regresar, cierto, pero había sido la mujer de su vida, o así lo había pensado. Su personalidad, su fuerza, su pragmatismo, habían imbuido la relación y cambiado la forma de ver la vida de Jaime. Ella no estaba ni volvería a estar y el tiempo pasaba, ¿era lógico pensar que antes o después debía rehacer su vida?, ¿no era acaso natural que conociera a otras mujeres? Lucía era pasado, ¿Patricia era futuro?

- ¡Hola!, ¿qué haces aquí?

- Caramba Bea, no te había visto. ¿Vienes sola?

- Noooooooo, por supuesto. Vuelvo con Julia de unos días de descanso. Hemos estado en los Picos, haciendo un poco de senderismo, ya sabes, para rebajar algunos quilitos. ¿Y tú?

- He visitado a mis padres – Bea se queda mirando, sabe mantener la sonrisa, pero intuye rápidamente que hay algo más.

- ¿Rompiendo los últimos lazos?

- Eso intento. Pero es difícil, Bea.

- Lo entiendo, debes hacerlo. Lucía ya no volverá. Quizá sea mejor así. Y tú eres muy joven – la seriedad vuelve a su rostro - debes rehacer tu vida, cuanto antes - gira la cabeza hacia el pasillo – Mira quien viene por ahí, verás qué alegría le da verte.

- ¡Hombreeee!, mira quién tenemos por aquíííííí – Julia era muy musical siempre hablando y muy dada a las exageraciones, tanto es así que la frase le salió en un tono tan estridente que todo el mundo del vagón miró – lo más requetebonitísimo del mundo mundial entero, superfluo y posmodernistaaaaaaa.

- ¡Cómo eres!, siempre un cascabel. - respondió Jaime poniéndose un poco colorado al sentirse objeto de miradas anónimas.

- Pues mira, que viene de pasar unos días con sus papis, Julita.

124

- ¡Anda!, para haberlo sabido y habíamos quedado, porque ¿no estábamos muy lejos?, ¿no Bea?

- No, relativamente cerca, visto desde Madrid, Julita – responde riéndose la amiga.

- Es que siempre me pierdo, Jaime. Si no fuera por Bea, cualquier día no sé dónde acababa, saldría hacia Galicia y seguro que acababa admirando el Miguelete en Valencia.

- "A Zaragoza o al pozo", como dice el dicho. Desde luego hija, menos mal que me tienes a mi.

- Y ojalá que nunca me faltes – y ambas se ríen sonoramente -. Pero supongo que algo tendré que te guste cuando sigues conmigo, ¿no crees, Jaime?

- Indudablemente, encanto no te falta. Y sobre todo, naturalidad.

- ¡Ay, que solete eres!, si no fuera porque te he conocido tarde ...

- ¡Qué ibas a decir, desgraciada!, ¿desde cuándo te gustan a ti los hombres?

Y los tres se echan a reír ahora con más ganas, mientras la miradas indiscretas a su alrededor alternan con murmullos. Tema por demás manido, salvo que las anteriores ocasiones que salió a relucir, eran cuatro los participantes, pues estaba Lucía, jamás celosa, al contrario, seguía el juego y proponía a Julia intercambiarse a Jaime por Bea. Así que tocaba cambiar de rumbo la conversación para no atraer más recuerdos amargos.

- ¿Qué vienes?, ¿de borrar los recuerdos?

125

- De aparcarlos.

- Pues debes olvidar.

- ¿Psicóloga?

- Amiga

- ¡Amigas!, Bea, amigas - añade Julia que había quedado callada.

- Mira, allí hay uno de esos sitios con mesa para cuatro, podemos sentarnos juntos, el tren va muy vacío.

- Venga y así me contáis dónde habéis estado y que habéis hecho, ¡si se puede contar! – apostilla Jaime y ríen los tres como buenos camaradas.

Una vez acomodados con todas sus cosas, la conversación se trenza sola, hay mucho que relatar y también que indagar, no dejarán pasar la oportunidad de preguntar a Jaime sobre lo que ha visto y a quién ha conocido por allí, se piensan aprovechar bien de su natural forma de ser tan norteña. Julia saca una cantimplora y una petaca, Bea aporta unos vasos, todo material de "campaña", lo mismo que utilizan cuando viajan con la Organización. Sencillo, práctico, sin lujos. En la petaca hay ginebra y en la cantimplora, una bebida de cola.

- ¿Cómo es posible que lo metas ahí y no pierda las burbujas?

- ¡Ja!, viaja a la selva y lo sabrás. Pásate días y días por ahí perdida. Es una fórmula especial que nos regala la misma marca, pero con otras características para que se conserve.

- ¡Fabuloso!

- Hay muchas cosas que el resto de mortales no sabéis sobre lo que se cuece en el mundo.

- ¡Ooooh!, esto se pone interesante, "señorita Livingston ..."

- Yo no soy periodista, ni escritora, solo una voluntaria que necesita sobrevivir en los lugares más inhóspitos.

La conversación sigue por derroteros muy diversos, lo que han visto, los recuerdos de la niñez de Julia, que siempre viajó mucho con sus padres de vacaciones al norte. Bea no, su familia era demasiado humilde, unos días en el pueblo con los abuelos, al crudo sol de las entrañas manchegas. Jaime les desgaja sus días junto al mar, sus largos paseos por playas, montes, las risas con su primo Eusebio, su obsesión por buscarle una novia. Hasta les cuenta sus sensaciones en el avión. El tiempo transcurre y una sombra cierne sobre el ambiente sin llegar a asentarse, ninguno se atreve a sacar el tema. Julia y Bea mantienen una complicidad sorda cuando hablan y Jaime esquiva cualquier referencia.

- En fin, ya os digo, unos días de descanso, de mucho comer y bien dormir. Alguna escapadita y tal. Pero nada especial.

Aunque no lo ve, sabe que ellas están cogidas de la mano por debajo de la mesa, es su costumbre, pero también una forma de comunicarse. De alguna manera, a través de sus dedos entrelazados se dicen las palabras antes de que salgan por su boca, dirigen la conversación a un solo ritmo. Endiabladamente curioso. Lucía se lo hizo notar la primera noche que se las presentó. Jaime siente unas irrefrenables

127

ganas de descargar de su conciencia una duda que le acompaña desde la noche que conoció a Patricia.

- Me parece genial que no te hayas encerrado y más me alegraré cuando me digas que lo has superado totalmente, al menos lo suficiente como para darte otra oportunidad.

- ¿Otra de sicología, Bea?

- Sabes que te lo decimos de verdad. Nosotras también queríamos a Lucía.

- Pero ella se acabó Jaime, debes echarla fuera de ti – añade Julia y toma su mano sobre la mesa con la que le queda libre, sin soltar a Bea por debajo, tal y como supone él.

- Ella ha sido la mujer de mi vida, chicas, es difícil.

- Te entendemos. Si nuestra pareja se rompiera de la forma que la vuestra se ha desgajado, y somos conscientes de que puede ocurrir en cualquier momento a tenor de nuestro estilo de vida, nos costaría demasiado rehacernos, pero habría que seguir adelante.

- De todas formas, nosotras somos ya algo mayores. Pero tú eres muy joven, debes encarar el futuro.

- Claro, por supuesto, pero no puedo olvidarme de Lucía tan fácilmente, me costó mucho abrir su corazón e instalarme en él. Estaba enamorado mucho antes de compartir su vida, ¿os lo contamos, verdad?

- Sí, lo recuerdo. Fue muy bonito por tu parte cómo la fuiste ganando, pero igualmente ahora debes olvidarla. Lenta pero inexorablemente.

- Sí, lo haré. Pero Lucía …

- … también tenía defectos, Jaime – añade Bea, poniéndose seria de pronto, casi diez años la separaban de su compañera aunque no se refleja físicamente.

- Por supuesto que tenía defectos – se vuelve un tanto sorprendido.

- Bea, ya está. Jaime amaba a Lucía como tú y yo nos amamos, no lo olvides. Y su recuerdo debe seguir inmaculado.

- ¿Seguir?, ¿qué quiere decir seguir? – pregunta.

Ambas mujeres se miran, Julia con un claro reproche hacia Bea escrito en su expresión. Un cortocircuito ha dañado la conexión entre las dos, una breve fracción de segundos nada más, pero lo suficiente como para que tomase un camino de tan difícil salida. Han sido meses de guardar silencio, de mirar a la cara y pensar en las cotizaciones de la Bolsa para no dejar traslucir que algo ocurrió. La realidad diaria de su trabajo les facilita guardar silencio. Pero están viendo sufrir tanto a un ser que desconoce toda la verdad, que callar entra en contradicción con sus ideales. Lucía sí calló, salvo con ellas, sus amigas del alma, pero eso no significa que deban guardar eternamente el secreto ante un ser tan sensible como Jaime. Se sienten obligadas por su destino de luchadoras, de alguna forma él se las ha ganado. Tienen muy claro cuál es el papel que juegan los hombres en su vida y Jaime, a fin de cuentas, es otro varón, a pesar de que sea especial para ellas, además, se sienten obligadas a ejercer de hermana mayor, pues Lucía abrió una brecha y ellas se sienten deudoras de ese empréstito. Se sienten en la necesidad de

129

contarle, ahora, allí mismo, es el momento oportuno, piensan, ninguno de los tres puede dejar la conversación. Aun queda tiempo para llegar a Madrid.

- Lucía está aquí, Jaime – él las mira atónito. Julia gira la cabeza y mira a un niño que juega al otro lado.

- No, no es físicamente, lo que quiere decir Bea, - y mira también es que estamos sentados en un asiento para cuatro y no es por casualidad.

- Se dejó una conversación pendiente. Cuando volviera de su último viaje pensaba hablar contigo, quizá la confesión más importante que jamás te hizo, ¿no sospechabas nada?

Una cortina se tiende sobre los tres rodeándolos, de arriba abajo y de izquierda a derecha, aislándolos del resto del vagón y sus pasajeros. Jaime sigue la mirada de ambas.

- Lucía estaba algo cambiada ,… lo noté …., pero …

- Jaime, Jaime... Lucía tenía sus problemas también, lo cual no impide que fuera una estupenda persona, pero a veces … todos tenemos nuestras historias, un pasado y un futuro …

- ¿Entiendes lo que queremos decirte? – preguntó la amiga.

- Piensa un poco, … no nos obligues …

- Pero ella te quería, - insiste Julia -, no lo dudes, … tu lo sabes tan bien como nosotras, que ahora estaría contigo, de haber regresado …

- Iba a hablar contigo a su regreso.

- Pero no regresó … – sentencia Jaime.

Coger las maletas, llevarlas por el pasillo, aguantar la breve cola de salida cuando se abrieron las puertas, bajar al andén, recorrer los pocos metros hasta las escaleras mecánicas, subir, encaminarse hacia la salida, dar dos besos a cada una de las dos amigas que le acaban de contar la verdad, Bea y Julia, Julia y Bea, serias, adustas ¿o asustadas? Jaime se mueve mecánicamente, capaz de coordinar movimientos y palabras con la suficiente seguridad aparente para no dejar preocupadas a las dos mujeres, un poco por cariño, un mucho porque no sabe qué otra cosa hacer, ni decir. El hielo ha solidificado entre ellos un par de horas antes, es la frialdad que siempre acompaña la verdad cuando ésta es grave, como así ha sido. Ahora toca digerir los hechos, una pesada digestión que Jaime sabe que tiene que hacer.

Madrid se abre ante él, se arrodilla a su paso cuando encara la rampa de salida de la estación, cargado con una mochila que no traía de antes. ¿Dónde dirigir sus pasos?, ¿a qué casa? Cuánto le hubiera gustado pensar que Lucía le estaba esperando en su pequeño apartamento, como tantas veces, para abrazarlo, besarlo y hacerle el amor. Cómo abrir ahora aquélla puerta y recibir la bofetada del olor a vacío, a soledad. Mejor su piso, su casa, la de él, la que permanecía cerrada en sus escasos treinta metros cuadrados de interior entresuelo, que había abandonado cuando se cambió a vivir al apartamento soleado de Lucía. Volver nuevamente a su refugio de soltero, su refugio recuperado de la memoria del olvido, limpio de telarañas de pasadas aventuras y personas anónimas de una noche o dos, de timbas con amigos, de pasiones solitarias, descansos eternos, aburrimientos infinitos, fríos y cálidos por igual. Ahora volvía a ser su hogar, su verdadero hogar,

131

donde debía encaminar sus pasos. La llave del apartamento de Lucía le quemaba apretada en su mano izquierda dentro del bolsillo. Mejor tomar la del otro, la verdaderamente suya, gélida pero firme, la tranquila e íntima, dueña de sus dolores en silencio, de lágrimas derramadas para sí. ¡La suya!, como lo fue Lucía, como él la había sentido, como él la había querido, como él la había creído, como él lo había sido, suyo. La suya, su casa, la cierta, la verdadera.

El apartamento nunca lo sintió su hogar, siempre fue el de Lucía y él era algo más de aquél lugar, tan transmutable como ahora se demostraba. Tan prescindible como los muebles, una vez que ella faltara. Un complemento, un elemento especial, uno más de sus libros. "No debes sentirte así, no debes decir eso, es faltar a la verdad, faltar a la memoria y faltarte a ti mismo" dice Julia, pero siente que debe volver a su viejo piso, su verdadero hogar porque así es lo lógico, el apartamento no le pertenece, nunca le perteneció, en realidad sólo una cosa de él le interesaba y eso ya lo tenía, lo tuvo y siempre lo tendría.

El sol aún le sorprende al abandonar Chamartín. Un enjambre de ruidos, edificios, humos, olores, caos organizado, luces cruzadas y el sonsonete de un locutor que repiquetea en la radio del taxi, le devuelve a la seguridad de saber qué hacer.

- ¿A dónde vamos? – le pregunta una voz anónima, expectante, segura.

- ¡A casa!, siempre a casa – arranca el vehículo mientras el taxista se encoge de hombros y calcula cómo

132

llegar a la dirección que le acababa de dar, "un tipo extraño", piensa.

Otro más en el infinito Madrid hecho de impulsos y deseos, de gentes que vienen y van, de sueños, esperanzas, sollozos, ruinas, grandezas, colores y secretos escondidos. Otro más que se viene a esconder en el apabullante maremágnum de lo desconocido. No se dan cuenta de que durante un buen trecho, otro taxi los sigue, ocupado por dos mujeres preocupadas lo suficiente como para sentir la responsabilidad de acompañar en la distancia. Hasta que definitivamente se detiene y lo dejan escapar entre el denso tráfico, una vez que adivinan la inconfundible ruta que toma, es justo hacia donde ellas pensaban que debía dirigirse efectivamente, al menos por esa noche, aunque luego al día siguiente volviera a ir al apartamento, recuperar los pasos, pero esa noche no. Estaban dispuestas a seguirlo e impedírselo si así se producía. Por suerte no ha hecho falta. Hasta ahí llega su intervención, ahora él tiene todos los datos, el puzle debe comenzar a componerse, le habían faltado piezas, pero ya las tenía todas, una vez que lo montase le sería más fácil desprenderse del pasado, comprender las realidades humanas y hasta conocer, y tal vez también querer, aún más si cabe antes de poderla olvidar, a Lucía.

Madrid le duele al viajero que regresa con las maletas repletas de recuerdos. Madrid se rompe a los pies de quien regresa cargado de dolor, cansado. Pero Madrid le tiende los brazos envueltos en una sonrisa, pues la vida que esconde es mucha, a quien llega con la fe como única moneda en sus bolsillos.

LA VIDA NO VALE NADA …

(sigue el diario de Jaime)

"otoño, las hojas muertas las vuela el viento

Deambulé por el piso vacío como un perro abandonado en busca de su olor, del aroma de la piel desnuda de Lucía tras la ducha, del elixir que desprende tras perfumarse con los jabones desconocidos que traía de países lejanos y que usaba en el baño. Busqué una mota de polvo que contuviera algo suyo, un aire un poco más denso que fuera la última exhalación de sus pulmones, sobrevolando la atmósfera del hogar abandonado, perdida entre los muebles, revoloteando alrededor del sofá. Busqué un rayo de luz que iluminara todo el salón, el pasillo, el dormitorio, o brotando de sus ojos sorprendidos en una fotografía, rebosantes de vida, que ya no me mirarían más. Me convertí en un ánima que se arrastra por los rincones del nido donde compartimos sudor, vida y sueños. Hice decenas de quilómetros a través de un enjambre de decoración que llevaba su sello apuntado en cada milímetro. No me sentía capaz de irme, no tenía fuerzas para quedarme, no fui capaz de nada.

Un nombre se repetía en el fondo de mi mente como un martillo conectado a un reloj que periódicamente golpea contra sus paredes trayéndome su recuerdo. Un nombre que descubrí sin significado aparente en distintos puntos del diario que rompí en mil pedazos sin llegar a leerlo del todo, pues pensé que no tenía derecho a mancillar sus secretos. Sería demasiado egoísta por mi parte pretender conocer a todas las personas con las que se relacionó Lucía, recorrió miles de quilómetros y pasó cientos de noches sin mí; creí que la conocía, con esa ingenuidad de quien ama profundamente y que a veces olvida la realidad del otro. No es suficiente el amor, hay que tener generosidad, aunque a veces nos duela en el alma, por más que seamos un solo cuerpo en ciertos momentos, siempre seremos dos, independientes, cambiantes, irrepetibles y autónomos.

Poco a poco fui abandonado el apartamento sin llevarme nada, todo lo verdaderamente importante de Lucía lo tengo almacenado en el corazón. Una última y extensa mirada me confirmó qué amplio era nuestro nido, pero al tiempo qué pequeño, qué universal y qué íntimo. Un último vistazo desde la puerta, con la mano aferrando el pomo de la puerta, de dónde tirar por última vez, para siempre. Una última mirada que atravesaba todo el piso, paredes, muebles, cuadros, ... y hasta personas que por allí deambulaban como fantasmas y que, sabía, una vez que cerrara se quedarían eternamente abandonados en los recuerdos, seres sin vida, zombis de lo que fuimos y que se fueron para no volver. Pronto abandonaría el terreno privado de nuestra vivienda, luego recorrería el común del pasillo de todos los vecinos y cuando volviera la vista hacia delante, esa puerta y sus interiores serían un recuerdo ya, para siempre. Aunque Lucía siguiera habitando en mi interior eternamente, mi vida cobraba otra dimensión a partir de entonces, tal vez secreta, tal vez pública, pero distinta, y todo lo anterior habitaría un lugar de la

136

mente que será algo inexpugnable. Lo encerraré en el fondo, solo saldrá cuando quiera revivir nuestros momentos felices. La mente humana nos premia con esa posibilidad si es que no está enferma, borraré los momentos tristes, los enfados, las exigencias incontroladas de las cuales yo no sabría explicar por qué vinieron, pero que aprendí a comprender y aceptar. Los silencios ignorados, cuando rechazaba hasta mi presencia, sin que acertara a entender por qué, esas escasas veces que de alguna forma rasgaba mis sentimientos con el dolor de la ignorancia, pero que respeté con la mejor voluntad en favor de nuestra relación.

Hay veces que la propia soledad es necesaria, imprescindible, y que sin querer, aún guiándonos por el máximo amor de nuestra parte, asfixiamos a nuestra pareja, la sometemos a la presión constante de nuestra presencia, sea de una forma física o impuesta mediante llamadas, cartas, emails, ... y no nos damos cuenta, lo hacemos inconscientes. A veces todo nos parece poco para demostrar nuestro amor y, sin embargo, a veces, es necesario nada para dar ese amor. Parece contradictorio y puede que lo sea, pero aún cuando seamos los más enamorados del mundo, cuando nos tengamos el mayor cariño y respeto posibles, no dejamos de ser dos seres individuales, particulares, cada cual con sus rarezas y su forma de ser y de actuar, que han coincidido en el tiempo y en los gustos y que han decidido, consciente o inconscientemente, compartir su vida en común en mayor o menor grado, pero que siempre habrá algo que se guardarán en el fondo del corazón. Una parte de los sueños, una parte de los deseos, una parte de sí mismos, a la que no renunciaremos para no dejar de ser en realidad nosotros mismos, pues si no, perderíamos nuestro sentido de seres humanos. Eso también nos convierte en racionales.

Cerré la puerta por última vez, sólo me llevaba lo que traje y un mar rebosante de recuerdos de Lucía. No es buena idea seguir viviendo en el pasado solamente, mi vida había cambiado, con ella tenía un sentido, sin ella debo reencontrarlo y volver a sonreír. Si me hubiera quedado, consideraría un sacrilegio que un día llegase a entrar otra persona por los lugares que fueron suyos, sería un pecado que otro cuerpo desnudo deambulase por donde estuvo el suyo. Y sin embargo, no podría dejar de pensar que antes que el mío, ya hubo otros allí. Esta locura que me llevó a pensar que alguno ocupó mi espacio vacío una noche en mi lado de la cama, mientras yo estaba en cualquier viaje ocasional. Y por desgracia no dejaría de acordarme de mis sospechas, ahora aclaradas por las buenas amigas Julia y Bea, y me sentiría triste por haber pensado si fue allí o en otro lugar, donde nuestro cielo azul de amor se vio nublado por un oscuro nubarrón que se introdujo involuntariamente en nuestra relación, con silencios, y que ha sobrevolado la despedida de Lucía para hacerla más triste e injusta. Me siento culpable por haber desconfiado de ella. Cerré fuerte la puerta con la idea de que todo lo malo se quedara allí, muerto y encerrado para siempre, me llevaba sólo los buenos momentos habitando en el desván que he reservado para ellos en mi interior.

- ¡Lo sentí mucho! – dijo alguien a mi espalda. Me volví y allí estaba el amigo y compañero de Lucía, Miguel. Creo que con esta era la tercera vez que lo veía en toda mi vida. Alto, fuerte, seductor, con gesto decidido, nada pretencioso, con lo cual me sentía aún en peor situación para competir con él. Hacía unos días, cuando fuimos a despedir los restos de Lucía, entre un gentío inmenso, desfilaron despidiéndose compañeros de trabajo y otras gentes que decían ser familia, algunos amigos y algunas amigas; entonces no caí ¡fueron tantas manos las que estreché!, pero después recordé y al momento casi preferí olvidarlo. Su recuerdo lo había encerrado bajo siete llaves en el fondo del saco de las tristezas que quise arrojar a los acantilados del mar Cantábrico.

Otra vez que lo había visto, la primera, fue en un cóctel celebrado para festejar el buen fin de una misión que lograron desarrollar en un país lejano. Habían venido hasta dos ministros y varios personajes famosos. Habían otorgado otro premio más a la Organización y se convocó una recepción en la sede antes del día de su entrega. Los dos, Miguel y Lucía, elaboraron dos emotivos discursos. Tras los actos oficiales, comenzó el coctel, aunque ya lo habíamos celebrado en casa, me hubiera gustado abrazarla y confesarle cuánto me había emocionado cuando habló, a pesar de que ya conocía el discurso porque lo habíamos ensayado juntos. Pero estaba secuestrada por sus obligaciones de anfitriona premiada. Así que deambulé por la sala entreteniéndome en cortas charlas de compromiso. Aburrido y echándola de menos, hacía rato que no la veía por ningún sitio, salí a la terraza a buscar el fresco de la noche. Todo muy típico de película de suspense,

139

pero así fue. Volvía por el jardín con Miguel, amparados por la semioscuridad de las luces que desde el edificio llegaban hasta ellos. Por los aspavientos de sus brazos, supuse que discutían pero en voz baja, casi en secreto, no quise intervenir, tenía por costumbre no meterme en sus asuntos si no me invitaba, así que aguardé preocupado por la forma en que transcurría todo. Acababan de ser galardonados por su trabajo tras pasar tres meses en lugares muy difíciles y se les veía formar tan buen equipo que era inconcebible que estuviesen discutiendo. Miguel la sujetó por el brazo y la giró hacia sí, la reacción de Lucía fue violenta y se soltó con fuerza, no era una mujer musculosa pero siempre había cuidado su forma física. Me extrañó esa reacción y estuve tentado de saltarme nuestra norma no escrita y acudir hasta ellos. Pero me quedé observando.

Miguel volvió a tirarla del codo, pero ella le dio un tremendo bofetón y se soltó definitivamente, dio dos zancadas y se volvió a mirar con ojos de rencor. No pude oír lo que decía pero fue corto y conciso, le dio la espalda y se escabulló por una de las entradas al salón que daban al patio, sin verme. Miguel se quedó parado, pensativo, parecía no saber qué hacer, hasta que muy despacio se decidió a volver al cóctel también, pero lo hizo en mi dirección y al llegar a mi altura se detuvo, me miró, sonrió levemente como esperando algo, los segundos transcurrieron sin que ninguno de los dos aportara el más mínimo movimiento, ni de labios ni de cuerpo. Tal vez cualquiera pudiese esperar otra reacción del amante despechado o del cónyuge que cree descubrir que ha sido engañado, pero ninguno de los dos estábamos seguros de que dichos papeles nos correspondieran realmente. Para romper el silencio y la tensión le felicité por el premio recibido y él me lo agradeció, pero no contento y sintiéndose deudor de una obligación no escrita entre caballeros, también me felicitó a su vez por el de Lucía.

- Supongo que ya la habrás felicitado tú, a fin de cuentas sois amigos y compañeros y sabíais desde hace tiempo que os lo iban a otorgar a poco que la misión saliese bien, ¿no? – respondí.

-¡Claro, claro!, la felicitación es para ti, ... por Lucía. Eres su apoyo y también tu esfuerzo merece al menos mi felicitación. Por Lucía. – Le entendí perfectamente y no consideré necesario indagar más en lo que podría ser un fangal.

Nunca hablé con ella de este encuentro. Ni quise albergar ninguna sospecha. Escondí la escena vista y vivida en la profundidad más recóndita de mi mente, hasta ahora que he vuelto a ver a Miguel en el descansillo de la escalera del apartamento, ante mí, justo cuando iba a cerrar la puerta para siempre, dejando encerrados dentro todos los malos recuerdos.

El mismo recuerdo amargo que quise ahogar en el mar, tomaba cuerpo, cara y nombre. Entonces el dolor arreció con toda crueldad de nuevo. No es lo mismo vivir en la ignorancia que palpar con dedos, ojos y vísceras la realidad de las heridas abiertas. No siempre queremos creer lo que decimos que creemos, ni lo que vemos, ni siquiera lo que sabemos que es cierto, igual que cuando nos anuncian una desgracia familiar y corremos al lugar de los hechos para ver al fallecido,

141

por un momento nos aferramos a que puede ser un error, hasta que nos damos de bruces con la fría realidad.

Igual me pasaba a mí. Miguel existía, sabía lo que era y supuse cuando leí aquella página del diario que estaba inspirada en él. Fue como un fogonazo en toda la cara que me deslumbró. Todo debió ocurrir en algún viaje, o quizá en más de uno, habían sido dos grandes colaboradores que formaron equipo a poco de conocerse, el mejor que jamás tuvo la Organización y que consiguió numerosos éxitos. Por tanto, no resultaba raro que viajaran constantemente juntos, a veces solos, semanas o meses, con la gran presión del trabajo, en lugares donde no podían confiar ni en las propias autoridades que debían protegerlos, sin jornadas de descanso y sin lugares de ocio, ... todo el día juntos. Dos personas al borde del estrés sin apenas comunicación con el exterior, sometidos a una gran presión, ... ¿quién podría juzgarlos y condenarlos? Ni yo mismo ...

Ahora estaba ante mí, en el descansillo de la escalera. Le miré a los ojos, intentando adivinar qué recordaría él de Lucía, intentando ver, como si su iris fuera una pantalla de cine y ahora fueran a pasar la película de sus recuerdos junto a ella; el momento en que se besaron por primera vez, cómo acariciaba su cuerpo desnudo, cómo susurraba a su oído palabras de amor y cómo le correspondía en todo. Pero nada de eso ocurrió. Sentí deseos de pedirle que entrara, que cogiera cualquier cosa que quisiera y que le recordase a Lucía. Sentí pena por él y al mismo tiempo rabia, celos. Pero no hice nada, absolutamente nada, sólo le miré.

Admiré los fuertes brazos entre los cuales la había tenido, admiré sus labios que besaron cada rincón de su piel, me lo imaginé soportando su delicado cuerpo desnudo moviéndose a ritmo sobre él, mientras los jadeos y algunas gotas de sudor se derramaban por el cuello de Lucía, por su pecho, en los ojos azules que la miraban, …. Y dejé de sentir, me volví insensible, dejó de tener importancia que estuviera con Miguel una o mil veces. Que se produjera por culpa del estrés que les causaba el trabajo o simplemente porque se inflamó una chispa en su noche tibia. Que ocurriera lo que ocurrió, que lo resolvieran sin decirme nada,…

Tal vez, así lo quise creer el día que discutían tras el cóctel, que Lucía daba por concluida la historia al lado de su compañero de fatigas como algo anecdótico. Quise creer también, que Miguel no lo aceptaba y quería prolongarlo en el regreso a Madrid. Creí entender por qué no me lo contó nunca y supuse que si en una situación similar me llegase a ocurrir lo mismo con una compañera en la que confiase plenamente, la tensión, la necesidad de sentirme reconfortado después de los duros momentos del día, el recuerdo lejano de los seres queridos a los que no se puede ni llamar, un momento de sensibilidad extrema, un abrazo inocente dado sin más pretensión,… la ternura aflora sola, induce a sentirse más cerca que nunca, envuelta en el cuerpo de quien únicamente puede darte confianza en ese instante y allí mismo, una sed que aprieta y un solo vaso del que beber. ¿Quién te culpa, Lucía, quién te culpa? Y sin embargo ahora sabía que no fue así.

- ¿Qué me puede aportar otro hombre?, ¿un momento de placer?, ¿una noche de pasión?, tan solo eso. - me decía cuando hablábamos sobre la posibilidad de que surgiera una aventura no buscada en nuestras vidas - no me interesa - respondía segura. Teníamos un proyecto. Tampoco a mi me interesaba ninguna otra.

La madurez personal también es esto, llegar a valorar qué es lo que verdaderamente importa y qué buscamos en la vida. En el fondo tengo también mis complejos y mi moral.

Lucía tenía dos facetas aparentemente contrapuestas. La de la mujer dura, fuerte, que pelea a muerte, que se sacrifica, que sufre lo indecible por la consecución del objetivo de sus sueños, que desprecia la vida y la posible comodidad a la que podría tener acceso. Y la de la sensibilidad, la dulzura, la ternura que inspiraba y que intentaba dar a cada paso. Había veces que temía su mirada, sus silencios, que era imposible comunicarse. Aprendí a conocerla, a saber que a veces estaba contra el mundo y todo lo que se ponía frente a ella, fuera o no fuera íntimo. Aprendí a distinguir los momentos que era mejor dejarla a solas, o que sólo requería un beso y un ligero abrazo; aprendí que no siempre sus enfados, sus gritos de desesperanza eran contra mí aunque me los arrojase directamente. Era su desahogo. Alguien diría que es un error, tal vez, no lo negaré, pero así la acepté. Con la misma dulzura que cuando se convertía en hiel y me hacía temblar. Tan capaz era de entregarse con una pasión desorbitada y hacer el amor dominando, como de producir un terremoto cuando algo no salía a su gusto o le exigían aún más de lo que podía dar. Aprendí a llegar a casa y observar de un plumazo en qué estado se encontraba. No hacía falta que me pidiera perdón por algún exabrupto que me lanzara injustamente, aun así lo

144

hacía. Ése era su carácter y por eso la amaba, pragmática y arrebatadora, delicada y fiera.

Estuve un largo rato mirando a Miguel a los ojos, sin decir nada, sin responder a su especie de saludo-pésame-compromiso-sorpresa. Me pregunté qué hacía allí, si esperaba encontrarme o si tenía llave y había ido con la intención de entrar y recuperar algún recuerdo perdido del que yo no tenía noticia. Es muy posible que de todas las fotos y objetos que ocupaban el apartamento de Lucía, muchos los hubieran traído juntos de sus viajes. De los premios, parte eran suyos, aunque dudo que no hubiera un duplicado de los trofeos entregados, generalmente ella sólo tenía una reproducción, porque el original figuraba en las vitrinas de la Organización. Así pues ¿qué hacía Miguel allí?, ¿a qué había venido?

Todo hubiera sido muy distinto si tuviera nada más que sospechas, si aquellas dudas que me rondaban y que me esforzaba en alejar hubieran seguido siendo las únicas sombras en el recuerdo de Lucía, pero ya no era así, por desgracia. En el viaje de regreso del norte, Bea y Julia no pudieron resistir verme tan triste y a la vez tan enamorado, sin sospechar lo que Lucía misma me había contado a través del diario, me dijeron lo que esperaba desvelarme a la vuelta de su último viaje, pero que el destino impidió. Entre las tres lo habían decidido. Sufría temerosa de que tal vez la confesión significara nuestra ruptura o, cuando menos, la intromisión de un elemento perturbador en nuestra relación. Siempre que algo ajeno se cruza en la vida, o se asume y se pasa página o si se

145

mantiene vivo es como una espina que se clava y se convierte en cuña, en herida que no cicatriza. Por eso decidieron, a pesar de todo, vaciar el secreto en mí, porque significaba un lastre muy grande en nuestra relación, al menos desde su punto de vista y necesitaban conocer el mío. Por eso no me dolió tanto descubrir la verdad, si acaso que tardara en decírmelo, pero comprendo su temor. Bea y Julia eran sus amigas y me lo hicieron entender, a su modo, suficientemente claro.

Miguel no significó nada para Lucía. Tal como intuía, algo había pasado. Mucho antes de conocernos y vivir juntos, habían sido algo parecido a una pareja, pero sin estabilidad ninguna, Miguel no quería comprometerse y Lucía no quería vivir una locura, estaba demasiado centrada en tu trabajo, su relación se rompió o simplemente, como pasa tantas veces, no llegó a cuajar. Miguel, no estaba dispuesto a asumir la integridad, la fidelidad que le exigía, pero tampoco quería forzar la ruptura y, por supuesto, mucho menos quiso ser ella la que espera tranquilamente al guerrero que regresa de su cacería, no se sabe cuándo. Siempre pensé que la anterior pareja de Lucía no era un ser anónimo y desconocido. Efectivamente, lo tuve cerca todo el tiempo. Admiro la fortaleza de Lucía para no descubrirlo cuando hablamos siendo sólo amigos y luego cuando compartimos los días y las noches. Admiro que intentara callar para que jamás, por mi parte, sufriera cuando la sabía de viaje con él, pensando que cualquier noche podía volver a surgir el fuego. Bea y Julia están absolutamente convencidas de que lo que ocurrió nada tuvo que ver con el pasado. Y que la solución más

146

sencilla para todos fue deshacerse de lo que por un error comenzaba a ser algo en su interior.

Quizá hubo algún hueco sin cubrir por mi parte en nuestra pareja, lo suficiente como para que Lucía buscara consuelo en los brazos de un antiguo amor. "Donde hubo fuego, siempre quedan brasas" me advirtió Julia, y Miguel siempre que pudo intentó reavivarlas. Era imposible hacer algo por no estar con él, eran el mejor equipo que tenía la Organización, era imposible separarlos laboralmente y Lucía siempre se sintió segura de sí misma, hasta un determinado día. ¿Por qué?, ni ella lo quería explicar, me dijo Bea, pero había ocurrido precisamente en la misión más dificultosa, la que les daría el premio Príncipe Asturias, precisamente la que repetiría y sería la última misión de Lucía, esta vez con nuevo equipo. ¿Tuvo la culpa del fatal desenlace ese cambio?, ¿estaba discutiendo el asunto con Miguel aquella noche del cóctel?, si estuviera aquí, sé que lo contaría todo, pero ahora ya no es posible. Se había llevado su secreto, pero también su arrepentimiento, solo tenía el testimonio y la importancia que le quisiera dar, sus dos mejores amigas y la presencia en ese mismo instante ante mí, de su supuesto amante, exnovio o simplemente compañero. Pero una lengua de fuego bajó por mis entrañas en los segundos que duró esta situación, en el descansillo de la escalera del apartamento.

Mientras trenzaba todos estos pensamientos admití la certeza de que Miguel no se encontraba allí casualmente, ni había venido a verme a mí, ni, por supuesto, esperaba encontrarse conmigo. Igual que la noche del cóctel, si hubiera podido, me habría esquivado. No era su enemigo, ni él para mí tampoco lo significaba. Éramos rivales por el amor de Lucía, pero por mi parte tenía la seguridad de que a mí, sí me había amado, a él no lo podía decir. Quizá un tiempo puede que sí, o llegó a ilusionarse nada más, pero amar, lo que se dice amar, eso era sólo a mí. Bea y Julia estaban de acuerdo y así me lo aseguraron. No me correspondía por tanto dar explicación ninguna, ni iniciar la conversación. Era Miguel el invasor, el extraño en aquel lugar. El que no había sabido defenderla ante el ataque de unos salvajes en la última misión que compartieron, la que les dio el maldito premio, pero donde la humillaron unos atacantes nocturnos. Por eso pidió el cambio de equipo, sin dar más explicaciones, dejando que cada cual interpretase a su forma la extinguida relación primero amorosa y luego personal de los dos. El nido, si alguien lo había calentado había sido yo, si alguien lo había cuidado, había sido yo, y Lucía, si a alguno había amado, había sido a mí. No tenía ninguna duda ahora, mirando a los ojos de Miguel, ante mí, en aquel descansillo.

Hasta que el tiempo pudo más. Poco a poco caí como de un tobogán hasta la realidad, sin dejar de mirarle, sin miedo ni rencor, no le dije nada, no le invité a entrar, no le invité a un café, ni a charlar, ni me despedí. No crucé con él ni una sola palabra, fue como si no estuviera delante, aunque lo estaba. Aquí se acababa todo y él se quedaba fuera de mi vida. Su presencia me había servido más que mis intentos ante el mar Cantábrico. Tiré de la puerta que se cerró suavemente y sin estruendo, supe con total certeza en ese momento que jamás la volvería a abrir, que para mí aquello se había cerrado para siempre y que lo que me llevaba únicamente de Lucía, era la Lucía amante y amiga, mi pareja, la de los gozos y las confidencias, la del placer inconmensurable, la risueña de los regresos de sus largos viajes, la de los premios por su labor tan importante como médico en lugares remotos a donde nadie quería acudir, la pobre de solemnidad cuyas subvenciones a veces no le llegaban ni para mantenerse a sí misma. La Lucía de las noches de insomnio recordando las pesadillas del sufrimiento vivido en aquellas lejanas tierras, la meditabunda, la laboriosa que preparaba informes y memorándums que luego defendería en cualquier despacho para conseguir fondos con los que iniciar un nuevo viaje. La Lucía que a veces se volvía una furia y todo lo arrasaba cuando se sentía acosada por quienes no podían compartir sus sueños, la Lucía que era capaz de enfrentarse al más cetrino político, pero a la que había que consolar escuchando. La que al principio me daba un poco de miedo pero que cuando conocí admiré aún más. Ese carácter de semidiosa que todo lo puede.

Sus labios eran mis labios, sus miradas más intensas eran mías, sus goces secretos, sus murmullos, sus noches de pasión o sus noches de sufrimiento, que igual pasamos unas que otras, eran totalmente mías. Sus ojos se habían clavado tantas veces en los míos y sin decir palabra me lo habían dicho todo que ya mucho antes de ella irse había comprendido que algo pasaba, algo que la hacía sufrir, algo que no era bueno. Esa era mi Lucía, esa, mía y de nadie más, porque yo luché por ella, porque le entregué todo y ella todo me lo dio. No fue un regalo, fue un intercambio, porque podíamos

149

hablar y decir lo mismo, porque pensábamos igual pero éramos distintos. Porque el mar y el desierto cohabitaban en nuestro dormitorio sin que se enfrentaran jamás, porque no había diferencias, cada cual era cada uno y cada uno era cada cual y tenía su vida propia y a la vez era vida común y se enlazaban nuestros actos, como se enlazan las lianas en las ramas y viven los unos de los otros y gracias a los otros sin dañarse pero alimentándose mutuamente, en una simbiosis perfecta. Porque podíamos pasar días y semanas sin vernos para luego recibirnos como si sólo hubieran sido segundos de ausencia. Porque hacíamos el amor y no nos cansaba. Porque … éramos dos y uno a la vez.

Solté la mochila en el suelo y bajé las escaleras despacio pero con la suficiente prisa del que quiere alejarse de los malos recuerdos. Notaba la mirada de Miguel en mi nuca, notaba cómo mi mano aún se sentía dolorida tras chocar contra los huesos de la cara de un Miguel que había quedado desarmado, sentí lástima por él, pues nunca tuvo a Lucía, sólo su cuerpo, primero cuando fueron pareja, luego cuando la abandonó al horror que había pasado. Tras la puerta se quedaba el recuerdo de la Lucía de la debilidad, la más humana, la más simple. La Lucía que no era mi Lucía sino un reflejo inventado por el demonio que nada merecía de mi consideración. La hoja del diario encontrado de Lucía, debía borrarla sin darle mayor importancia. Porque al frente de toda vileza estaba Miguel y por encima del acto de Lucía, estaba nuestro amor tantas veces compartido. Daba igual que hubiera sido una o mil noches, en realidad allí enterradas se quedarían, en un país al que nunca pensé viajar pero que ahora, además, quedaba borrado para mí de todos los mapas.

La luz de la escalera no se apagó, cerré el portal y llamé a un taxi que pasaba por allí. Ni siquiera me volví a ver si Miguel salía, ni siquiera pensé que pudiera entrar al apartamento, nada me importaba de él ni de lo que hiciera.

El sol caía sobre Madrid y volví a hundirme en el anonimato de una ciudad demasiado grande como para ocuparse de cada problema de cualquiera de sus muchos hijos.

Lucía me había querido siempre a mí, menos atractivo físicamente, menos dispuesto a pasar un mal trago por ayudar a los demás, más sibarita y cosmopolita que todos los hombres con los que hubiera podido relacionarse, mucho más fuertes físicamente y más comprometidos socialmente.

Lucía siempre me quiso a mí, hasta que una bala perdida en uno de los innumerables conflictos en los que se encontraba con su sentido del servicio a los demás, sesgó sus sueños, sesgó nuestras vidas.

Sé que murió con los ojos abiertos y así se quedó, y sé que lo que veían sus pupilas en ese instante era a mí. Lo sé aunque nadie me lo dijera.

¿DÓNDE PONGO LO HALLADO?

Esa tarde Jaime tiene un mal presentimiento, algo no funciona correctamente. Está, como tantas otras veces, a la espera del regreso de Lucía. Esta vez la misión era algo especial, ya le advirtió que seguramente no pudieran contactar, tenía una fecha casi cierta para regresar, pero le pidió que la esperase en casa, que no fuera a buscarla. En la Organización sabrían por dónde y de qué forma iba a volver, pero aún no se atrevían a decirlo, no descartaban que el consulado tuviese que intervenir, no sería la primera vez en casos de verdadera urgencia. Por tanto, toca esperar en el silencio del apartamento como tantas otras veces ha hecho, leyendo, inquieto, pero tranquilo a la vez, en un estado de duermevela tenso y discontinuo. Cuando Lucía se marchó, tuvo una sensación extraña, como de algo grave que va a ocurrir, como de algo que enturbia la despedida, su relación; o tal vez no, quizá fuera un exceso de celo acerca del peligro anunciado, piensa ahora.

La tarde muta del cielo claro a un cielo gris. Oscuras nubes van ganando el azul, mientras el sopor se incrusta en los poros de la piel, un viento fresco anuncia la proximidad del aguacero. Es necesario y bueno aunque incómodo, Madrid se asfixia en su propia atmósfera y el aire se hace irrespirable cargado de tanta contaminación. La lluvia siempre despeja el ambiente, asienta las partículas de polvo y humo a los que difícilmente se adapta el cuerpo. A lo lejos se oye el tronar de la tormenta de verano que lentamente va ganando terreno como una guerrilla urbana que, a través de calles y avenidas, se anuncia sorda, inquebrantable. La inquietud vence la concentración sin dejarle apreciar lo que

153

está leyendo, la mente de Jaime divaga por cada rincón del apartamento, dispuesto para recibir a la reina, en perfecta revista, como siempre. El corazón inquieto y los nervios picados.

El timbrazo suena como la tormenta de verano que se avecina, como cuando rompe de forma estridente contra la calma de la siesta y nos pilla dormidos. Le sorprende escuchar repiquetear el teléfono sobre la mesita con un cierto temblor, a pesar de que lo espera. Se queda mirando como si su sonido no fuera ese, sorprendido por la insistencia. Cual cuco que a cada período se hace presente en nuestras vidas anunciando las horas y asumimos como algo natural que siempre está ahí y reacciona en el momento adecuado, pero esta vez ha perdido el rumbo y se hace oír cuando no corresponde. En el corazón se le agolpan ríos de sangre que danzan, entrecruzando sus caudales con los impulsos eléctricos que manda el cerebro, el músculo debería estirar la mano hacia el estridente aparato, en un voraz baile que haga callar la inquietud del timbrazo. El aparato sigue tronando mientras lo mira sorprendido. No suele recibir llamadas cuando Lucía no está en casa, pero tampoco es tan extraño que suene. Puede ser una venta, algún conocido, ¡quién sabe!

Sin embargo, cuando en otro momento hubiera descolgado sin más, esta vez se queda paralizado, ¿por qué? Un anómalo instinto le impide descolgar. Una zozobra interior va creciendo a medida que los timbrazos se repiten, sólo mira al aparato, le parece saber ya lo que van a decirle. No, no necesita descolgar para adivinarlo, su corazón habla más claro y fuerte que cualquier absurdo invento humano.

Por fin se hace el silencio, el teléfono calla, pero un instante después comienza de nuevo, la misma insistencia machacona, la misma premura, la misma fuerza... ¡la misma voz interior que le advierte de cual es la noticia que le van a dar! Y con ella se llevarán parte de su vida, que ya no está, que lo sabe, que lo intuye, que lo adivina. Por qué sí.

En vez de descolgar, enciende el televisor, ese que no enciende casi nunca, ese electrodoméstico que ocupa el último lugar en importancia en el apartamento. Delante suyo están el ordenador, el ipod, el apartado de música, dos reproductores de bolsillo, ... Pero esta vez, quizá por primera vez, necesita que se lo den todo hecho, su imaginación se niega a trabajar, los sentidos abotargados y los músculos paralizados. Un programa de esos en directo cuenta increíbles sucesos que se reparten a lo largo y ancho de todo el país, mientras una tira de noticias en forma de teletipo anuncia los siguientes reportajes y da los titulares. Cambia de cadena en cadena, todas se le parecen, o tal vez es que no les presta atención. Y en una de ellas, con informativos enlatados, se entera de que la enésima revuelta en el país equis, en lo más recóndito del corazón africano, ha provocado un atentado de los rebeldes contra un equipo médico de ayuda humanitaria en no sé qué ciudad de irrepetible nombre, hace escasas horas, y citan a la Organización, pero no dicen más, sólo que sus miembros son mayoritariamente españoles y el consulado ya está "sobre el asunto". Imágenes sangrantes de archivo, soldados de la ONU que no aparecen luego en las tomas verdaderas, esperanzas que se nublan y dolores que comienzan a madurar como vejigas de agua que se hinchan amarradas a un grifo.

Ahora es él quien debe llamar.

155

Varias veces acudirá a las oficinas de la Organización para buscar más detalles de Lucía, de sus andanzas, de sus trabajos. Y allí descubrirá a la Lucía más mundana, más vulgar, más verdadera, en el recuerdo que atesoran de ella sus compañeros y compañeras, en el hueco inconmensurable que ha dejado en su despacho, en el aire que circula por los pasillos y en la palabra amable de todos con los que se encontraba y que le saludaban con increíble cariño al saber quién era.

Cuando Jaime ya puede reaccionar, devuelve la llamada, es de la Organización, le ruegan que acuda a las oficinas. Allí están, pasando la tarde encerrados en un despacho, observándose unos a otros alrededor de una mesa donde un teléfono es el centro de toda la atención. Por allí pasan todos los miembros, los que no pueden quedarse sentados esperando noticias porque tienen tareas que hacer, o los que su ánimo no les deja parar, entran y salen, pero la mayoría permanecen horas y horas sentados con el alma encogida. Don Anselmo, fuma un cigarro tras otro y no se aparta del lado de Jaime, a pesar de que sabe que Jaime odia el tabaco y su olor, pero ambos se necesitan, pues han hecho una gran amistad. Julia y Bea se sientan enfrente, siempre con las manos cruzadas por debajo de la mesa y la mirada oscilante entre los pliegues de la madera de la mesa y la cara de Jaime.

- ¿Quién estaba en la misión?

- Únicamente Lucía y Miguel se encontraban a la hora del atentado en el lugar, junto con miembros de otras ONG's. Quien nos ha llamado ha sido Laura, la habían mandado a hablar con el cónsul para preparar una posible evacuación y

156

conseguir escolta del ejército, las cosas se estaban poniendo mal, la acompañaba un contacto nativo.

- Entonces, ¿Laura no estaba?

- No. Hemos hablado con ella, continúa en la capital, en casa del cónsul, a la espera de que las autoridades se hagan con el control y puedan entrar protegidos al centro del poblado donde se ha producido el atentado y ver cómo está la situación. Los repatriaremos en cuanto podamos, la misión se suspende. La ONU no está dispuesta a tomar posiciones, parece ser que las grandes potencias están presionando para intervenir.

Ranna era la delegada para temas africanos. Su nombre es Laura, aunque algunos la llaman Ranna, que es su segundo nombre. Suele acompañar a Lucía a visitar la ONU y el Ministerio pues habla varios idiomas. Entre ambas pueden entenderse en casi todas las lenguas. Ranna se había criado en Italia, pronto se trasladó a Suiza donde ahora residían sus padres, despreocupada de cualquier problema económica pues goza de una amplia renta, se estableció en España, de donde eran sus abuelos maternos, su padre es un industrial hindú. Resultaba sorprendente encontrarla metida en este mundo. Se diría que era parte de una rara especie, pero bastaba con conocerla, como a Lucía y a otros muchos y muchas, para comprender por qué estaban aquí y no disfrutando de un magnífico puesto de trabajo, ganando un alto sueldo o veraneando en la costa azul, como podría haber hecho tranquilamente.

La primera vez que conoció a Ranna/Laura en la Organización, se quedó muy sorprendido, le confesó a Lucía. Tenía esa belleza tan poco llamativa pero tan

157

profunda que tanto le había atraído siempre. Su voz dulce y suave, su tono íntimo y la forma de articular las palabras, provocaban que su interlocutor perdiera el hilo de la conversación encandilado con su vocalización. Era imposible no mirar su boca mientras hablaba, sus labios no eran carnosos, pero estaban tan bien delimitados que parecían el dibujo de un delineante cuidadoso, contornos sencillos y tiernos, color apenas diferente de la coloración de la piel, que en equilibrio con su nariz, lucía unas nimias pecas; prodigaba a su conversación, un bamboleo como de paseante de domingo por el parque. Pero lo que más llamó a Jaime la atención fueron sus ojos de un verde adormecido, estirado, sencillo, que se coronaban con unas pestañas negras y agudas. Era tal su contundencia al hablar, que solía ser la cabeza de lista en las conferencias más difíciles.

Era la princesa del cuento de la que todos los hombres se enamoran. Y así era en cierto modo, aunque solo ocurriera platónicamente.

El tiempo pasa y la esperanza se mantiene. La lluvia sobre Madrid descarga violentamente mientras en algún despacho de una perdida ciudad africana, el ejército da el visto bueno y accede a acompañar al nativo y "la española", escoltados, junto con otros miembros de ONG's, a recoger lo que quedase de sus compañeros, sin saber qué es lo que se van a encontrar.

- Jaime – dice don Anselmo sustrayéndole de su ensoñación – sabes como nosotros, que esto podía pasar. Y que el final feliz nunca está garantizado.

158

Guarda silencio. No siente pertenecer a aquel mundo solidario, hoy menos que nunca, lo aceptaba por amor a Lucía, pero no entiende que se pueda arriesgar la vida de ese modo. Comprende que su labor es envidiable, imprescindible, pero una cosa es tenerlo como un hecho heroico y lejano, y otra muy distinta sufrir sus consecuencias directamente. Está muy bien eso de recibir premios e ir a cócteles donde acuden políticos y famosos de todos los ramos, periodistas, deportistas, artistas de cine, cantantes, ... y recibir halagos y el reconocimiento social de todo el mundo. Pero luego cada cual vuelve a sus mansiones, a sus vidas. Y la gente como Lucía a un apartamento, con unos sueldos de miseria a cambio de jugarse la vida en cada misión. Lo sabe mejor que nadie, jamás quiso entrar en detalles, no ser más que el compañero de Lucía, su amante y su amigo. Don Anselmo insistió que podía colaborar desde el campo profesional de las finanzas, en la administración, una parcela en la que siempre escaseaban los voluntarios preparados, pero ni a eso quiso acceder Jaime. Lucía nunca intentó convencerle de lo contrario.

Las noticias no llegan, permanecen en la Sala de reuniones. Maribel, la mujer de Ramón, aquella de los cuatro hijos por cuyo cuidado había abandonado la Organización, trae café y bocadillos unas veces, otras coca-cola, agua embotellada y tabaco, pero sólo se consumen éstos dos elementos, sobra todo lo demás, en especial los bocadillos. De vez en cuando se sienta al lado de Jaime y le coge de la mano, le acaricia como a un niño, igual que haría con cualquiera de sus cuatro hijos, sin decir nada, intenta no ser molesta, pero al tiempo transmitir fortaleza. Cuántas veces ha pasado ella también por momentos de inquietud como este, hasta que su marido aparecía por fin vivo o mal

159

herido, pero de regreso al hogar. Jaime no dice nada, no sabe hablar en esos instantes, pero se lo agradece sinceramente. Todos aquellos sobre los que sintió alguna vez celos, están ahora allí, dándole apoyo, preocupados. Salen y entran, se preparan para otra misión que ya estaba programada, o intentan contactar con otras ONG`s que trabajan por el lugar.

Al final la noticia llega, como llegan las aves de mal agüero y las buenas también, irremediablemente, anunciando el invierno o la primavera, como el sol sale cada día y la luna lo releva cada noche. Pero llega sin poesía, sino más bien todo lo contrario, triste, descorazonadora, como un bofetón sanguinolento y desgarrador. Todos los medios de comunicación se hacen eco de la noticia, todos salvo los que por su dependencia económica de cierta ideología, aún intentan justificar la guerra como solución, sin calibrar la reacción de toda acción, capaces de negar lo evidente a cambio de una subvención, de un poder ficticio y a pesar de presumir en su cabecera de una cierta fe religiosa. A fin de cuentas sólo han caído "pobres cooperantes, ilusos", ¿qué sabían ellos de las poderosas razones de la política internacional, de alianzas y compromisos, de la industria armamentística y de estrategias territoriales? Si han ocultado la muerte de periodistas y poblaciones enteras masacradas, ¿cómo dar importancia a una ONG, por más que fuera la más premiada en el país? Rescatarían las fotos de sus archivos, si hiciera falta, cuando los pésames en general hicieran coro, cientos de telegramas de políticos, periodistas independientes, de otras organizaciones, de otros países, de gente comprometida, de instituciones, de iglesias, de gente sencilla y anónima que grita en la calle, de algún colegio

160

donde un profesor o profesora hizo partícipes a los alumnos de un hecho tan singularmente triste. Otra vez la estupidez de la guerra, el matar por matar, el sin sentido que nadie comprende desde el calor de nuestro primer mundo. ¡Cómo explicar la contradicción de que parte de los que daban esos pésames conocían el peligro y participaban activamente en la rentabilidad de tales guerras! La propia empresa de Jaime, el mismo Estado en su concepto, … todo era mentira y era verdad a un tiempo.

Las noticias llegan por fin: Lucía ya no volverá, su cuerpo sí. En cuanto a Miguel, cuando se reponga lo suficiente como para poder viajar, protegido por el ejército español, vendrá. Pero Lucía ya no volverá. Miguel sí, Lucía no. El cónsul lo ha anunciado. El Gobierno lo ha prometido. Don Anselmo ha sonreído irónicamente al saberlo, como representante de la ONG los conoce a casi todos, no puede decir lo que le hubiera gustado decir. Lucía no volverá, al menos en vida, pero su alma está allí, velando con todos. Una "misión especial" rescató su cuerpo y se llevó el de Miguel mal herido a un hospital de campaña, una vez que los "rebeldes" fueron reducidos en la aldea donde unos médicos daban sus mejores años a cambio de nada, "… o casi nada, que no es lo mismo, pero es igual …"

Laura acompañó el féretro en el avión militar desplazado al efecto. Jaime y todos los demás esperan en el hangar de la Base Militar Aérea de Getafe. En cuanto Ranna/Laura baja del avión, va a buscar a Jaime se planta ante él, mirándole con sus largas pestañas bañadas en un agua verde mar, estira sus brazos hasta su cuello y lo abraza como lo hubiera hecho la propia Lucía. Pero no es Lucía, es Ranna. Permanecen fundidos un rato infinito, hasta que un beso profundo, como de amante, unce sus

161

labios en un yugo de sufrimiento y comprensión mutuos. Roberto y don Anselmo se acercan los primeros, observan como el resto, apenados, sin intervenir, respetando ese silencio que envuelve la farsa de sustituir a Lucía aunque sólo sea en las sensaciones, para que sirva de consuelo, para enseguida volver a la certeza de que Ranna no es Lucía, en absoluto. Pero Jaime agradece el gesto como si Lucía hubiera estado allí en ese momento y por unos segundos vuelve a revivir la pasión de sus reencuentros. Parecida figura a Lucía, similar planta, mismos ideales, pero mucho más joven, ¿tal vez hermana, prima?, demasiada poca diferencia de edad para ser su hija. Está rabioso, no lo dice pero se pregunta por qué no es Lucía la que viene custodiando el féretro, ¿qué le importa en realidad ni quién es, ni cómo se llama, si Laura o Ranna? Eso piensa, hasta que ve cómo un niñito rompe las filas y va a abrazarse contra las piernas de la muchacha y tras él un hombre con los ojos rojos, seguramente de lágrimas, al que recordaba haber visto los días anteriores por las oficinas de la Organización, abraza primero al niñito y luego se funde con él, allí, en mitad de la pista, como él hubiera hecho con Lucía. Descubre que Laura tiene familia y ahora la recupera. Lucía sólo le tenía a él, no dice nada, pero siente un cierto alivio.

El funeral se celebra en un acto espectacular, si cabe la expresión. Numerosa gente anónima acompaña los actos de la Organización, la prensa está presente, pero nadie del Gobierno, tal vez a sabiendas de que no serían bien recibidos, su popularidad pasa por los momentos más bajos y las elecciones son en dos días, no quieren arriesgarse a ser abucheados.

Ramón hace un discurso antimilitarista, habla sobre el armamento español utilizado en esa guerra y con su ardor alza la voz más de lo acostumbrado. Son muchos los implicados y los beneficiados por las guerras, hasta los seres anónimos que en el primer mundo se manifiestan contra ellas, se benefician de las exportaciones. Los organismos internacionales como la ONU y sus satélites, tienen su capacidad de decisión restringida, dice, los dirigentes políticos se mueven entre la diplomacia y el deseo de mantener el nivel de vida de sus ciudadanos, procurando el desarrollo del resto de países, difícil tarea, don Anselmo le enseñó mucho de todo ello.

Los días siguientes, Bea y Julia van a visitarle varias veces al Banco, le invitan a salir a cenar, al cine, de paseo. Lucía solía decir de ellas que eran dos "gallinas aburridas", que solo sabían trabajar y que cuando estaban sin misión o sin viajar, no sabían qué hacer, sin embargo Jaime descubrió que no es así, les encanta devorar libros, salir al cine, al teatro, de excursión, ...

- ¡Caramba!, pues el plan no parece tan malo, ¿no? – respondía Jaime.

Y Lucía se echaba a reír porque, en realidad, visto así, el plan no era desde luego nada despreciable. Los viernes solía invitarlas a cenar y a veces salían juntas por ahí las tres. O en un gesto de generosidad infinita, se lo llevaban con ellas, como hombre de compañía, decían, para que las protegiera.

- Hay quien empieza a pensar si no seremos un trío – decía Lucía divertida - que no veas tú el juego que eso da, porque

163

en el fondo, por mucho que presumamos de ser modernos y comprensivos, somos un atajo de retrógrados que aún nos sigue causando morbo determinadas relaciones y no veas el machismo que hay todavía suelto, incluso en la propia Organización – añadía - Puede que piensen que tú estás implicado también en el ajo y seamos un cuarteto en las locas noches de los viernes - y volvía a reír con carcajadas descaradas que tanto gustaban a cualquiera que las escuchara, sobre todo a los hombres, una risa franca y abierta que encantada por su fuerza y sonoridad, no podía permanecer en el anonimato, ya estaba acostumbrada a que todo el mundo se fijase en ella cuando reía o caminaba.

Era algo provocadora, no lo podía evitar, nunca pasaba desapercibida. Sabía estar tan bella en traje de fiesta como vestida para pasear. Era una cuestión de concepto y junto con su atractivo personal fuertemente desarrollado de una forma natural, originaba un magnetismo imposible de ignorar.

Pocas veces sale Jaime con Julia y Bea. Comprenden que son muy distintos, tampoco creen ellas que tenga dificultades para relacionarse. Jaime mantiene algunas viejas amistades que compagina con las nuevas, y si no, seguro que es muy capaz de encontrar más. Madrid está lleno de gente solitaria sin más pretensión que un rato de compañía, gratuitamente, inocente o no. Jaime también considera la oferta de don Anselmo, entrar en la Organización a echar una mano en administración. Lo ve como un homenaje a la memoria de Lucía, aunque por otro lado, teme no pasar de ser "el pobre novio de Lucía", la maravillosa y más activa integrante, siempre atado a su recuerdo impidiéndole desarrollarse, crecer por sí mismo, recuperarse. Y siempre deambulando por allí Miguel, ese

164

desconocido al que miraría con cierto recelo. El plan resulta poco atractivo. Tienen razón Ramón y Matilde, con los que ha estado cenando varias veces, jamás se libraría de la presencia de Lucía.

Con todo ello, Jaime valora la posibilidad de huir, de refugiarse unos días en su vieja aldea del norte, a despojarse de todo lo negativo que le ha pasado. A lavar su pena contra la espuma del mar cantábrico. Y así lo hará, por suerte para él.

EPILOGO

El viejo barrendero descansa el lomo de folios ya leídos sobre sus rodillas, mira al frente como el que mira al infinito y arquea la comisura de los labios recordando sensaciones enterradas en su pasado. No le gusta cómo acaba la historia. Jaime no puede quedarse en una melancolía infinita, su vida tiene que seguir, es muy joven aún, Lucía no puede convertirse en la losa que lo sepulte. ¡Cuántos años han pasado desde aquellos días!

La tarde languidece al otro lado de los cristales. Tendrá que acostarse un rato si quiere descansar antes de ir al trabajo. A las 5 comienza su turno, cuando la ciudad duerme y los borrachos aún no piensan en volver a casa. Pero su mente no descansa y sueña con lo que ha leído y vuelve a vivir aquellos momentos tan atroces: el dolor de Lucía, el silencio de Jaime, el desprecio de sus antiguos compañeros.

De madrugada se levanta, está cansado, muy cansado y ante el espejo apenas se reconoce. Lleva tantos días así, como tantos leyendo y rumiando la historia. Le gustaría saber qué fue de Jaime. Pero tiene que ir a trabajar. Se viste su uniforme y prepara el bocadillo de media mañana.

Cuando va por fin a salir, recuerda algo, como un relámpago que se abre paso entre sus recuerdos. Y se dirige al viejo armario de los trastos, hace tiempo que no lo abre, ni recuerda cuándo. Pero hoy algo le grita desde el interior. Al fondo duerme la vieja mochila a rayas de Lucía, manchada con pintas oscuras que un fatídico día fueron de

167

sangre. Jaime la arrojó a sus pies la última vez que lo vio, en el descansillo de la escalera del apartamento de Lucía. Fue el mismo día que abandonó la Organización y cambió su empleo por el de barrendero, en el turno de noche, para así encontrarse con el mínimo posible de seres humanos.

- Buenos días, Miguel – le saluda el guarda de la entrada al verlo llegar. Una lágrima corre por su arrugada mejilla.